吸血鬼と切り裂きジャック

赤川次郎

集英社文庫

イラストレーション／ホラグチカヨ
目次デザイン／川谷デザイン

吸血鬼と切り裂きジャック

CONTENTS

吸血鬼と切り裂きジャック

吸血鬼は夜中に散歩する

駆け落ち

「ねえねえ！　聞いた？」

——女の子の話は、しばしばこのわけのわからない一言から始まる。

ま、考えてみれば、これほど確実に、しかも、手っとり早くみんなの注意をひく言い方もないかもしれない。特に、昼休みの学生食堂で、女子大生たちがワアワアおしゃべりしているときには、その注目を集めるのは容易なことではないのである。

「何なのよ、みどり」

と、大月《おおつき》千代子《ちよこ》が言った。

「〈アルミ鍋〉がアデランスにしたって話なら、もう知ってるよ」

〈アルミ鍋〉というのは、先生のひとりで、まだやっと四十というのに、みごとな禿《は》げ頭をしていて、そのつやがアルミの鍋みたいだということからそうあだ名がついた。

その〈アルミ鍋〉が、昨日からフサフサとした黒髪で大学に現れたというので、大評判になっていたのである。

しかし、飛び込んできた橋口《はしぐち》みどりは手を振って、

「そんなこと、私が知らないわけないでしょ！」

「じゃ、何なの？」

と言ったのは、神代《かみしろ》エリカ。

いかに吸血鬼の血をひく美少女といえども、やっぱり人の噂話《うわさばなし》は好きなので、五、六人の仲間でワーワーやっていたのだ。

「沢田和江《さわだかずえ》。——ほら、この前編入で入ってきた」

「沢田和江？　ああ、あのピアノのうまい、ちょっと変わった子でしょ」

と、千代子が肯《うなず》いて、

「知ってるけど、あの子がどうかしたの」

「駆け落ちしたんだって」

——ちょっとの間、戸惑《とまど》いがあった。

「駆け落ちって……。男と？」

と、ひとりが訊《き》く。

「当たり前でしょ」

「駆け落ちなんて……。いったい誰と？」

と、エリカが訊いた。

「それが、聞いてびっくり！　——誰だと思う？」

みどりはニヤニヤしている。真っ先に大ニュースを仕入れた人間が、最も優越感を味わう一瞬である。

「何をもったいぶってんのよ、みどり」

と、千代子が苦笑いして、

「うちの学長と駆け落ちしたっていうんなら、びっくりするけどさ」

「六十過ぎのおじいさんと？　でも、感じとしちゃ、それに近い」

「近いって？」

「小山《こやま》助教授」

「うそ」

と、ひとりが言った。

「間違いないの。小山先生と沢田和江が駆け落ちしたのよ」

「待って」

と、エリカが身をのり出した。

「みどり、確かなのね、それ？」

「エリカまで！　私がでたらめ言ってるとでも？」

と、みどりは少々むくれている。

「そうじゃないけど……。そんな噂、少しも聞いてなかったし、それに、小山先生の奥さんって……」

「そうよね。確か病気で入院してるんじゃない？　その奥さんを放り出して駆け落ち？　ひどいね」

そう。——エリカもそれが気になっていたのである。

「それで、ふたりはどこへ逃げたの？」

「見つかったの？」

「心中したの？」

一斉に質問が飛び出したが、みどりもそこまでは知らない。

「ともかく、駆け落ちしたことだけは確かなのよ」

で通してしまった。

——午後の講義があるので、みんなペチャクチャやりながら、それぞれに散っていったが——。

「エリカ、行かないの？」

と、千代子が行きかけて振り向く。

同じ講義に出るはずのエリカが、じっとテーブルについたままだったからである。

「エリカ」

と、もう一度呼びかけると、

「あ、ごめん。——私、出ないから、千代子、行って」

「出ないの？　珍しいね。どこか具合でもよくないの？」

「ううん、そうじゃない。ちょっと行く所があって。——いいから、行って」

いつもと少し様子の違うエリカに、千代子は少々心配そうだったが、始業のチャイムが聞こえて、あわてて駆け出していく。

エリカは……。ガランとしてしまった学生食堂の中を見回すと、

「まさか」

と、呟《つぶや》いた。

「小山先生が——。そんなこと！」

あれはつい二週間前のことだ。たった二週間。そんな短い間に、沢田和江と知り合い、恋に落ち、駆け落ちするところまでいったというのだろうか。

もちろん、男と女の間には信じられないようなことが起こる。エリカだって、知らないわけじゃないが、でも……。

エリカは学食を出て、木立の間の道へ入っていった。

あれはこの道での出来事じゃなかったが、でも——やっぱり並木道での一瞬だった。

「あの展覧会はね、一見の値打ちがあるよ」

と言われて、エリカは誘われるままに小山と一緒に出かけた。

二週間前。――少し風の冷たい午後で、でも、爽《さわ》やかな秋の昼下がりだった……。


「爽やかだね」

と、小山は言った。

「そうですね」

「どうだった、絵は？」

「良かったです。先生のおっしゃったことが、具体的な形になって見えた」

エリカは肯いて言った。

「そう言ってくれると、嬉しい」

小山は本当に嬉しそうだった。

小山純男《すみお》は四十歳。年齢より少し老《ふ》けて見えるのは、髪が半分くらい白くなっているせいだろう。

いかにも「教師」という印象の、学究肌の人間である。学生たちの間では、「甘い」と言われて、辛《から》い点をつけないので歓迎される存在だった。

でも、エリカは小山が学生を本当に好きで、可愛がっていると感じていた。全部の学生を従わせようなどとは初めから考えていないが、クラスにひとりでもふたりでも、真《ま》面目《じめ》に話を聞く学生がいれば満足する。そんなタイプだった。

そしてエリカが小山の講義を熱心に聞いたのは、小山が中部ヨーロッパから東ヨーロッパにかけて、つまり父、フォン・クロロックの「出身地」あたりのことに関心を寄せていたせいもあった。それが半分の理由とすれば、残る半分は、小山の「真面目さ」。今どきの教師に珍しい「教える喜びのために教える」という姿勢のせいだったろう――。

「神代君は、ちょっと変わってるな」

並木道を歩きながら、小山は言った。

「そうですか?」

「何か……どう言っていいかよくわからないがね。若いのに、人生をよく知っているように見える」

「いやだな。先生、私って普通の学生ですよ」

と、エリカが笑ったが、小山は笑わなかったのである。

そして、ふと足を止めると、

「エリカ君」

と呼んだ。

「は?」

びっくりした。そんな呼び方をされるとは思わなかったからだ。でも、もっとびっくりしたのは、小山に突然抱きしめられ、キスされたことだった。

「——先生」

エリカは、ただびっくりしているばかりで、ときめきも何もなかったのだが——。

「すまん」

と、小山はエリカを離して、

「悪かった。——すまん」

と、頭を下げた。

「先生……。今の、何も考えずにやったんですか」

「いや、そうじゃない。——神代君、君のことは、いつも目にとめていた」

「本気で、私のことを好きだと思って？」

「その……つもりだ。いや、すまん。僕は女房もちの四十男だ。こんなことをする資格はない。すまん。忘れてくれ」

エリカは、その言葉の中に、「忘れないでくれ」という気持ちを聞いたが、それはエリカの「吸血族」としての能力とは関係なかったのである……。

——二週間前。

たった二週間前に、そんなことがあった。

もちろん、みどりも千代子も知らないことである。

その間、エリカは小山とふたりで話すことはなかった。たぶんあれは小山の一時の気の迷いで……。そう思っていた。

ところが、その小山が——駆け落ち？

沢田和江と。

何があったのだろう？　ふたりの間に。

放ってはおけなかった。エリカはあの出来事の後、小山の妻が入院していることを知って、わざわざ会いに行っていたのである……。

失われた日々

「あら、あなた、確か──」

病室のベッドで本を読んでいた小山照子《こやまてるこ》は、入ってきたエリカを見て、

「神代《かみしろ》さん……だったわね」

「そうです」

ふたり部屋の病室。もうひとつのベッドは空《から》になっていた。

エリカがその空のベッドを見ていると、

「そこの方ね、昨日亡くなられたの」

と、小山照子は言った。

「そうですか。──あんなに元気そうだったのに」

「そうよね。人間なんて、明日の命もよくわからない」

と、小山照子は首を振って言ってから、

「主人のこと、聞いたのね」

「ご存知なんですか。——ご様子が変わらないんで、まだご存知じゃないのかと……」

「かけて」

と、照子はわきの椅子をすすめた。

エリカは、言われるままに椅子に腰をおろした。

小山照子は三十四、五歳だろう。病気のせいで、当然のことながらやつれて老《ふ》けて見えるが、決して生気に乏《とぼ》しい印象はなく、目には若い娘のような輝きを覗《のぞ》かせていた。

「主人から、電話がかかってきたの」

と、照子は読んでいた本を閉じて言った。

「病院へですか」

「ええ。『女子学生と一緒に旅に出る。捜さないでくれ』と……」

「じゃ——やっぱり本当に」

エリカは、それでもなお信じられない気持ちだった。同時に、前に会ったときと少しも変わった様子のない照子に感心していた。

「この体じゃ、止めに駆けつけるわけにも、捜しに行くわけにもいかないしね」

と、照子は笑みさえ見せて、

「でも——私、主人が連れていったのはあなたかと思ってたわ」

エリカは、ちょっとドキッとした。——この前、見舞いに訪れたときは、小山のゼミの学生を代表して、という口実をつけていたのである。

もちろん、エリカとしては、小山にキスされたなんてことは言いやしなかったし、何か特別な理由があると匂《にお》わせもしなかった。

「私は何も――」

「でも、主人のことを心配してたわ。もちろん私のことも気にしてくれていることはわかってたけど、それだけじゃなくて、主人のことも。そうでしょう？」

照子の問いに、今さら違うと言っても仕方ない。

「そうです」

と、エリカは肯《うなず》いた。

「教えて。主人と何かあったの？」

「何かといっても……。あの、本当に正直に言います」

エリカは、二週間前の出来事を照子に話した。

そして、

「本当にこれだけだったんです。信じてください」

と付け加えた。

「信じるわ」

と、照子がすぐに肯いてくれたので、エリカはホッとした。

「――沢田和江《さわだかずえ》、というの、その学生さん？」

「そうです」

「ご家族の方、ご心配でしょうね」

と、照子は初めて表情を曇らせた。

「編入してきた子で、まだみんな沢田和江の詳しいことは知らないんです。ただ――ピアノがうまい、ってことだけは知っていますけど」

「ピアノ？」

「もちろん、プロになるとか、そんなんじゃないと思いますけど、入ってきて間もなく、学校行事のときに講堂で弾いたんです。みんなが唖然《あぜん》としたくらい、上手でした」

照子はゆっくりと肯くと、

「ピアノがね……。そう」

と、ひとり言のように呟《つぶや》いた。

「あの――ともかくご主人の行方を捜します、私。何か方法はあると思うんです」

と、エリカは言った。

「あなたが？」

「はい。ふたりでどこかへ行ったにしろ、手がかりはないこともないんじゃないかと……」

……

「でも、駆け落ちということなら、ふたりが戻る気にならなくちゃ、どうしようもないでしょう」

「私──」

と、エリカは言いかけて、少しためらい、

「何だか妙だと思ってるんです。小山先生は、たとえ誰かを好きになったとしても、奥様を放り出して逃げてしまうようなことはされないと思います。これ……私の勘《かん》ですけど」

照子は、不思議なほど長い間、じっとエリカのことを眺めていた。まるで、エリカを見ていれば夫の行方がわかる、とでもいうように。

「──いけませんか」

と、エリカは訊《き》いた。

「先生の行方を追ってはいけないわけでもあるんでしょうか」

エリカの言葉は、照子を少し動揺させたようだった。しかし、すぐに照子は前の表情に戻って、

「もちろん、主人を見つけてくれれば嬉しいわ」

と言った。

「じゃ──構わないんですね」

「もちろんよ」

と、照子は肯いて、

「お願いするわ。主人を見つけて、連れ戻してちょうだい」

エリカは、椅子から立ち上がると、

「きっと、見つけてみせます」

と約束して、病室を後にしたのだった……。


「まあ、先生が学生と駆け落ち？」

と、涼子《りょうこ》が夕食のとき、エリカの話を聞いて目をパチクリさせた。

「そうなの。先生、四十歳。学生の方は二十歳。——どうなってるんだろ」

「ワア」

と、いつもながら元気なのは虎《とら》ちゃんである。

「ほら、あなた！　虎ちゃんがこぼしてるわよ！」

涼子に叱《しか》られて、

「すまんすまん。——こら、虎ちゃん、しっかり食べてくれんと、私が叱られるのだぞ！」

と、我が子に文句をつけているのが、正統派吸血鬼の「元祖」（？）フォン・クロロックである。

「年齢が離れてるのは、愛さえあればどうにでもなるわよ」

と、涼子は自信たっぷり。

何しろクロロックと涼子（エリカよりも若い！）では、とんでもなく年齢が違う。しかし、このスケールは人間に当てはめるわけにはいかないのである。

「しかし……。こら！　こぼすんじゃない！」

と、クロロックは汗をかきながら、

「お前がそのふたりを捜す役を引き受けたのか？」

「うん……。成り行きでね」

と、エリカは肯いて、

「お父さん、力を貸してよ」

「それはいいが……。しかし、どうしてそのふたりが駆け落ちしたのか、それがまず問題だな」

クロロックが、やっと自分の皿にとりかかりながら言った。

「そりゃ、好き合ってるのに、周囲で反対されたからでしょ」

と、涼子は言った。

「そうか？　反対も何も、男の方は恋人がいることを妻に話してもいない」

「話せなかったんでしょ」

「入院中の妻には言えなかったか？　しかし駆け落ちするときに電話している。それなら同じことだ」

「あの先生が、そんなひどいことするなんて、信じられない」

と、エリカは首を振った。

「ここはお前の直感を信じてもいいのではないかな」

クロロックの言葉に、エリカの方がちょっと戸惑った。

「お父さん、それ、どういう意味？」

「お前はこれがただの駆け落ちではないと思っておるのだろう。だからこそ何とかしてその小山という男を見つけたいと思っているのだ」

「うん……。まあね」

と、エリカも初めて自分の気持ちに気がついたという様子。

クロロックには言えないが、小山にキスされたことが、エリカの中に微妙に残っていて、それが行動を起こさせているのかもしれなかった。

小山のことを好きとか、そんなことではなく、あのときに感じた小山の「誠実さ」を信じたい、と思ったのである。

「じゃ、力を貸してくれるのね？」

「ああ。——どうも気になる」

「気になるって、何が？」

エリカの問いに、クロロックはやけに深刻な表情で、

「どうも、この駆け落ちには過去の匂《にお》いがする」

「過去？」

「古いものがいたんで匂うのは当然よ」

と、涼子が至って「家庭的」な発言をした。

「いや、つまりだな……」

と、クロロックは咳《せき》払いをして、

「何かずっと昔のことに原因がある、ということだ。それほど年齢の違う男女が、出会ってほんのわずかで姿をくらます。そこには何かよほどの理由がある、と考えた方がいい」

「じゃ、小山先生と沢田和江が知り合いだったたっていうの？」

「どうかな。——ともかく、駆け落ちしたふたりのことについて、もっと知る必要がある。お前は小山という男のことをよく知っているのだろう」

「知ってる、ったって……。習ってるだけだもん」

「女の方は？」

「沢田和江？　さあ……。個人的には全然知らない」

「では、まずその娘のことを調べるのだな」

と、クロロックが言うと、

「エリカさん」

と、涼子が口を挟んだ。

「その子、可愛い？」

「え？　——そうね。まあ、ちょっと可愛いかな」

「じゃ、うちのパパをよく見ててね。何しろ可愛い子に目がないんだから」

「何を言うか！　私は妻一筋——」

クロロックの「誠意」は、なかなか涼子には伝わらないようである。

聞いていて、エリカは笑いをこらえるのに苦労した。——お父さんがそんなにもてるわけがないじゃないの！

母と娘

「私には娘などおりません」

と、沢田千恵子《さわだちえこ》は言った。

エリカとクロロックは、顔を見合わせた。

「おい、人違いか？」

と、クロロックが囁《ささや》いた。

「そんなわけないよ！　ちゃんと住所だって確かめてきたんだから」

落ちついた感じの居間。——大きなグランドピアノがデンと居座っているので、あまり広く感じられないが、実際はかなりの広さだろう。

沢田千恵子は、いかにも教師然とした物腰の女性で、背筋が真っ直ぐに伸びて、見た目にも快《こころよ》かった。

「あの……沢田和江《かずえ》さんは、こちらのお嬢さんではないんですか？」

と、エリカは恐る恐る訊《き》いた。

「確かに、和江という名の娘がいました」

と、千恵子は過去形で口にした。

「でも、男と駆け落ちして親を見捨てるというのは、娘のすることではありません！ もうあの子は私の娘ではありません」

「そういう意味か」

クロロックが苦笑して、

「ま、あんたの気持ちもわからんではない。しかし、駆け落ちは相手あってのこと。相手にも妻がいる。まず、ふたりを見つけるために力を貸してほしい。親子の縁を切るのは、見つかってからでもよかろう」

クロロックの言葉に、沢田千恵子は不機嫌そうではあったが、渋々、

「見つかったからといって、喜びはいたしません」

と、顔をしかめた。

「それは好きにしなさい。——ともかく、娘さんがどこへ行ったか、心当たりはないのかな？」

「全く」

と、即座の返事はかえって本当らしくない。

「娘さんの部屋を見せていただけるかな」

千恵子は少しためらって、

「よろしいでしょう」

と、腰を上げた。

「こちらへ」

沢田千恵子に伴われて、奥の部屋へ入りながら、エリカは訊いた。

「和江さんにピアノを教えたのは、お母様なんですか」

「『教えた』というのは正確ではありません。『教えようとした』のです」

ずいぶん細かいことにこだわる母親である。

「でも、あんなに上手に弾けるのに――」

「とんでもない!」

と、千恵子は目をむいた。

「あんなもの、『ピアノを弾く』とは言いません。キーを叩いているだけのことです。

――ここが、娘の部屋です」

六畳間ほどの広さか、ごく普通の女の子の部屋である。

「ずいぶんきれいに片づいていますね」

と、エリカは感心した。

「これでですか? 娘はいつも散らかしてばかり。仕方ないので、私が片づけているんです」

千恵子は当たり前のように言ったが、エリカは、この母親ならたぶん平気で娘の机の中とか引き出しとかを開けてしまうだろうと思った。

「ふむ……」

クロロックは部屋の中をゆっくり歩き回って、顎《あご》をなでながら、

「この匂《にお》いは……。化粧品だな」

「そりゃ女の子の部屋だもん。化粧品の匂いぐらいするわよ」

エリカの言葉にクロロックは首を振って、

「いや、この匂いは男性用のコロンだ」

「男性用？」

「このベッドから匂っている。その匂いを消そうとして、わざと香水をまいたりしているが、私にはわかる」

もちろん、クロロックの鼻は人間よりも格段に鋭い。それを聞いて、沢田千恵子が青くなった。

「そんな……。それは本当ですか！」

「うむ。私は匂いに関しては少々うるさいのだ。——あんたが留守の間に、男がここへ泊まったのだな」

「あの子……。何てことを！」

今度は千恵子は真っ赤になった。青くなったり赤くなったり、忙しいのである。

「書き置きのようなものはなかったのかな？」

「書き置き？　──まあ、そんなものはありましたが……」

「見せていただきたい。何か手がかりがつかめるかもしれん」

「捨ててしまいましたわ、その屑《くず》カゴの中へ」

と、和江の机のわきの屑カゴを指さす。

「やれやれ……。これか」

クロロックはそのクシャクシャに丸めた手紙を拾い上げて、広げた。エリカも覗《のぞ》き込む。

〈好きな人と旅に出ます。許して。捜さないでください。必ず連絡します〉

「──これだけじゃ、何だかわかんないわね」

「そうか？」

クロロックはそのレターペーパーをじっと見ていたが、千恵子の方を向くと、

「この辺に、よく行く喫茶店はあるか」

と、訊いた。

「ええ。──この家の斜め前のお店によく行きます」

「この手紙は、そこで書いたのかもしれん。おい、エリカ、コーヒーでも一杯飲みに行こう」

「うん」

「あの――」

と、千恵子が言いかける。

「心配するな。何かわかれば、ちゃんと教える」

「いえ、そうじゃなくて。あのお店のコーヒーはやめた方がいいです。ひどい味ですから。お飲みになるのなら、紅茶の方が」

「ご親切に」

と、クロロックも少々面食らったように言ったのだった。


確かに、コーヒーはひどい味だった。

ものはためし、とエリカがコーヒーを注文したのである。

「どうしてここで手紙を書いたと思うの?」

と、エリカは一口飲んでコーヒーカップを置いた。

「手紙の隅に小さくコーヒー色のしみがある。それにこの端が少ししわになっているだろう。一度濡れてから乾いたのだ。こういう場所では、水のコップの跡などで、よくそんなことがあるからな」

「へえ。さすが」

クロロックは紅茶を頼んでいた。ウェイトレスの女の子が紅茶を運んできて、クロロックが手にしている手紙を見ると、

「あ」

と、声を上げた。

「これを見たことがあるの？」

と、エリカが訊く。

「あ、いえ、別に」

と、ウェイトレスはあわてて首を振り、

「伝票、こちらに置きます」

と、すぐに行ってしまった。

「お父さん――」

「うん、何か知っとるようだな」

「たぶん、和江さんと同じくらいの年齢よ。友だちだったのかもしれないね」

「こんな所に手がかりが転がっとったのか。意外と早く、ふたりは見つかるかもしれん」

「だといいけどね」

「うむ……。しかし、どうかな」

「どうかな、って？」

「見つかっても、それが果たして当人たちの幸せかどうか……」

「でも、残された奥さんとか――」

「これはただの駆け落ちとは違う、そうお前も言っとったろう」

「だけど――。何があるっていうの？」

「それはこれからだ。――今夜、少し夜ふかしをするか」

と、クロロックは肯《うなず》きながら言った。

――ふたりは沢田家へ戻った。

「何かわかりまして？」

と、千恵子が玄関先に立っていて訊く。

「ご心配でしょうね」

「どうでもいいんですけどね、あんな子のこと」

と、千恵子は強がっている。

エリカは、この母親に好意を抱き始めていた。表面は強がっているが、本当は娘にかなり頼っているのかもしれない。

「父親はどうしたのかな？」

と、クロロックが訊く。

「亡くなりました。あの子は、私ひとりが育てたのです」

「あんたが育てたと同時に、娘さんは自ら『育った』のだ。それを忘れんようにな」

クロロックは微笑んでみせると、

「では、帰ろう。お邪魔した」

「あの——それで、何かわかったんですか」

と、千恵子が少しあわてたように訊く。

「わかったことは、娘さんはあんたがいやで逃げ出したのではない、ということだ。ではいずれ」

クロロックとエリカが帰っていくのを、沢田千恵子は呆然とした表情で見送っていた……。

夜の出来事

「お先に失礼します」

と、声をかけると、

「ご苦労さん」

と、店のマスターが返事をする。

「浩子《ひろこ》ちゃん、明日は休みだっけ」

「はい、明日は用があって」

と、石坂《いしざか》浩子は言った。

「じゃ、あさって、また頼むよ」

「はい。おやすみなさい」

と、店を出る。

あの喫茶店のウェイトレスである。

お昼の十二時に出勤して、夜十時の閉店まで。けっこう一日が長い。しかし、浩子はよく働くので、店のマスターも可愛がってくれているのである。

浩子は夜道を急いだ。

今日は少し店を出るのが遅くなった。いつもはもう少し早く出られるのだが、一緒に働いている子が休んでしまったので、片づけに時間がかかったのだ。

もちろん、真夜中というほどの時間じゃない。都会ではたいていの人間が起きているだろうし、どうってことはないだろうが……。

浩子がアパートを借りているあたりは、こんな町の中にしては寂しい所で——というより、そんな所のアパートでなきゃ借りられない、というのが本当だ。

石坂浩子は二十歳。大学生だ。故郷からの仕送りは少ないので、とてもやっていけず、週に三日はあの喫茶店のウェイトレスをしている。

もちろん、それだって大したお金になるわけじゃないので、台所が苦しいのは確かだった。

そして——同じ年齢で、ちょくちょくあの店に来る沢田和江《さわだかずえ》と仲良くなった。

といっても、和江は家が裕福だし、頭もいい。ピアノが上手、というのも、浩子にしてみれば羨《うらや》ましい限りだ。

でも、つきあってみると、和江は少しもそんな暮らし向きの差を感じさせるようなタイプでなく、何でも気楽に話せる仲になった。

そして——。

「大丈夫よね。ふたりとも、まだ眠ってるわけないわ。こんな時間、まだ都会じゃ夜のうちにも入らない」

と、自分を安心させようとするかのように呟《つぶや》いて……。

浩子はふと振り向いた。誰かが自分を見ているかのように感じたのである。

でも、夜道には誰の姿もなかった。——気のせいなのだろう。

「さ、急ごう」

と、足を速める。

やっと、アパートの明かりが見えてきた。夜の方が、浩子のアパートは立派に見える。昼の光の中では何ともみすぼらしいのである。

家賃が安い（安い家賃しか取れないほどボロということである）ことと、部屋が狭いので、物を取るのに苦労しないというふたつの長所（？）を除けば、さっぱりいいことなんかないアパートだ。

浩子が、階段を上って二階の自分の部屋のドアを開けようと鍵《かぎ》を捜していると、いきなり中からドアが開いた。

「びっくりした！」

と、浩子は目を丸くして、

「いけませんよ、出てきちゃ」

「いや、大変なんだ」

と、その男はあわてた様子で、

「あの子がいない」

「いない？　和江がですか？」

「そうなんだ。出ていってしまったらしい」

「でも――眠ってたんですか」

「どうやら、お茶に薬か何か入れたらしいんだ。急に眠くなって、どうにも我慢できなかった」

と、男は首を振った。

「しかし、そう長くは眠ってない。遠くへは行っていないと思うんだが」

「じゃ、捜してみましょう」

浩子はともかくいったん中へ入って、バッグを置くと、男と一緒に外へ出た。

「鍵、どうします？」

「さあ……。かけとかなくちゃ不用心だろうね」

「でも、もし和江が戻ってきたら……。それに、盗《と》られるようなもの、ありませんもの」

「じゃ、開けといてくれるかい？　悪いね、こんなことになって」

「構いません。さ、ともかく急いで。——でも、そっと！　足音、あんまりたてないでください」

「うん」

「他の部屋の人から叱《しか》られちゃう」

ふたりはそっと階段を下りて道へ出ると、

「じゃ、僕はこっちを捜す。君は向こうの方を——」

「はい」

と、二手《ふたて》に分かれて駆け出していった。

——暗闇の中から出てきて、アパートの前に立ったのは、もちろんクロロックとエリカのふたり。

「今のは、エリカ……」

「うん。あれが小山《こやま》先生よ」

と、エリカが肯《うなず》く。

「駆け落ちしたのに、どうしてこんな所にいるんだろ？」

「話はお前にも充分聞こえたろう」

「うん。いなくなったのが沢田和江ね。でも、どうしてあんな風に必死になって捜してるわけ？」

「そこが問題だな」

と、クロロックは言った。

「どうも、気になっておる。あの娘の部屋には、ほんのわずかだが、妙な匂《にお》いが残っていた」

「妙な匂い？」

「うむ。——私の間違いならいいのだが」

「何の匂いらしかったの、それ？」

クロロックはチラッとエリカの方を見て、

「血の匂いだ。——シッ！　誰か来るぞ。暗い所へ入れ」

ふたりが暗がりの中へ姿を消すと……。

フワッと白いものが夜の中を舞うように見えて、それから人影が現れた。

白いネグリジェらしいものを着た女性である。そんな格好で夜道を歩くというのは、どう見てもまともではない。

「あれ……沢田和江だ」

と、エリカが言った。

「やはりそうか」

和江は、ユラユラとまるで実体のない影絵のように歩いてくると、アパートの前で立ち止まった。

「――眠ってる?」

と、エリカが訊《き》く。

「ああ。夢遊病の状態だな。本人は意識しとらんだろう」

と、クロロックが肯く。

「それで捜しに行ったのね」

「しかし、歩くだけなら、ああも心配せんだろうがな」

「じゃあ――」

「見ろ」

と、クロロックが厳しい表情で言った。

沢田和江が、アパートの明かりの中に立った。かすかな光ではあるが、エリカたちには充分だった。

エリカは息をのんだ。

沢田和江の口から顎《あご》にかけて、血がいく筋も滴《したた》り落ちている。それは白いネグリジェの胸元に点々と飛び散っていた。

「――血を――吸ったの?」

エリカの声がかすかにこわばっている。

「少なくとも、吸おうとしたのだ。ともかく、あの血を流した被害者がいるということになる」

「そんなこと……。あの子、別に吸血鬼でも何でもないのに！」

和江は、ゆっくりと階段を上がっていった。裸足《はだし》なので、ほとんど音をたてない。

そして和江の姿は、石坂浩子が鍵をかけずにいたドアの中へ、静かに消えた。

「——どういうこと？」

エリカがホッと息をつく。

「その答えは、小山先生とかいう奴に訊くしかあるまいな」

と、クロロックは言った。

和江！——和江！

どこにいるの？

石坂浩子は必死でアパートの周囲を駆け巡った。——何とか、和江が誰かを襲う前に見つけなくては。

足音がして、振り向くと、小山がやってきた。

「小山先生。どうでした？」

「いない。君の方もか」

と、小山は息を弾ませて、

「どこか遠くへ行っちまったのかな」

「でも、あんな状態で？」

「いや、ああいうときだからこそ、自分でもわからないうちにどこかへ行ってしまうことがある。何しろ戻れなくなるという心配をしないのだからな」

「そうか……。どうしましょう？」

「ともかく、いったんアパートへ戻ろう。これだけ捜したんだ」

「ええ……」

浩子は小山と一緒にアパートの方へ戻っていった。

「あ、この道の方が近いです」

「そうか。——君をとんでもないことに巻き込んでしまって、すまない」

と、小山は言った。

「いえ。——友だちのためですもの」

「沢田君だけならともかく、僕まで……。何とか行く所を見つけて、一日も早く出ていくからね。本当に申しわけない」

「いいえ……」

浩子は、道が暗くてよかった、と思った。顔が赤くなっているのを、よくわかっていたからである。

もちろん、あの小さなアパートで和江と小山、ふたりを一緒に置いておくのはとても無理な話だ。ほんの数日が限界だろう。それに、もし家主に知れたら出ていかされるかもしれない。

幸い、あのアパートの持ち主は遠くに住んでいて、めったにやってこないから、たぶん一週間くらいは何とかなるだろう、と思っていた。

もし――もし、ずっとアパートにいてくれたら。この人が。

とんでもないことだ。浩子も頭ではよくわかっていた。

この人は大学の先生で、和江の「恋人」なのだ。どう頑張ったって、浩子なんかとは縁のない人なのである。

でも、人の心はそんなことで向きを変えられはしない。浩子は、ひと目小山を見たときから、自分の心が彼の方へ向いていくのを、どうすることもできなかった。

「和江、治るんでしょうね」

と、歩きながら浩子はあえて和江のことを話そうとした。

「どうかね……。僕にもわからないよ」

と、小山は首を振った。

アパートの近くへ来て、浩子は周囲を見回した。

「どうかしたのか？」

「いえ——何だか人に見られてるような気がして」

と言ってから、浩子は少し笑った。

「変ですね。私のことなんか、誰も見てるわけないのに」

小山は少し間を置いて、

「君はいつもそんな風なのかい」

と、言った。

「そんな風、って……？」

「もっと自信を持ちなさい。君はすてきな子だ。可愛いし、はつらつとしている」

「そんな——。先生、お世辞は似合いませんよ」

と、照れて赤くなる。

「お世辞じゃない。本当のことを言ってるんだよ」

「じゃあ……お礼を申し上げときますね。そんなこと言ってくださったの、先生が初めてですもの」

小山が微笑んだ。薄明かりの中で、その笑顔はとてもやさしいものに思えた。

「君は本当にいい子だなあ」

「そんな……。さ、上がりましょう」

「足音に気をつけてね」

「そうです」

と、浩子は笑った。

何をしてるんだろう？　和江のことを捜してるんだ。それなのに、こんな所で笑っていたりして――。

「おっと！」

「気をつけて、先生。危ないですよ」

と、小山の腕を取る。

次の瞬間には――何だかよくわからないうちに、浩子は小山の腕の中にいた。小山の胸に顔を埋《うず》めて、そのぬくもりを感じて……。

「――先生」

「すまん」

小山は、浩子の肩をつかんで、

「こんなことを……」

「いいんです。好きだもの、先生のこと」

浩子はそう言ってから、自分でもびっくりしてしまった。こんなことをスラッと言える子だとは、自分で思ってもいなかったのである。

こんな……。こんなこと……。

浩子は、小山の顔が近づいてくるのを見て、目を閉じた。

「――サイレンだ」

と、小山がハッとする。

「本当。――救急車？」

「らしいね」

ふたりは、一瞬不安に捉《とら》えられて動かなかったが――。

「ともかく部屋へ」

と、小山が促す。

ふたりは急いで部屋へ戻った。

明かりを点《つ》けて、浩子は、

「先生！」

と言った。

和江が眠っている。――死んだようにぐっすりと。

「あの血……」

と、浩子は青ざめた。

「大変だ」

小山も青ざめて、

「あのサイレン……。この近くだぞ」

と、呟くように言ったのだった……。

まじない

「小山《こやま》先生が戻ってきた？」

と、エリカは思わず食事の手を休めて、みどりの顔を見た。

「それ、本当？」

「うん。今さっき見かけたよ」

と、みどりは食べる手を休めずに言った。

「へえ。——じゃ、相手の方は？」

と、千代子《ちよこ》が訊《き》く。

「そこまで知らない。大方、小山先生の方が振られたんじゃないの」

「それが当たりかもね」

数人で一緒に笑う。——エリカも一応笑ってみせたものの、心は重苦しく沈んでいた。

「——ね、ＴＶのニュースで見たけど、凄《すご》かったね。夜中にジョギングしてた——」

「そうそう！　けっこうな年齢《とし》の人ね、喉《のど》を裂かれてたって？」

「狼かしら」

「ちょっと、狼って、日本にはもういないのよ」

「本当？　知らなかった」

——エリカはこの会話に加わらなかった。だって、何が起こったか、ちゃんと知っていたのだから。

おとといの夜、もう死んでいた男を見つけて警察へ連絡を入れたのは、他ならぬエリカである。

あれが、もし沢田和江《さわだかずえ》のやったことなら……。

これ以上、犠牲者が出ないようにすること。それがエリカのするべき第一の仕事だ。

もちろん、それはよくわかっているのだが……。

正直なところ、エリカが少々落ち込んでいるのには他の理由もあった。

エリカ自身はそう認めたくなかったけれども、小山があの石坂浩子《いしざかひろこ》をアパートの階段の下で抱きしめるのを見たとき、エリカは少々ショックだったのである。

別に小山のことを特別どうこう思っていたわけじゃないのに……。それとも、少しは心をひかれていたのだろうか？

「——エリカ、何ぼんやりしてるの？」

みどりに訊かれて、ハッと我に返る。

「何でもない。ちょっとごめん、用を思い出したの」

エリカは立ち上がって、学生食堂を出た。

みんなといるのが辛《つら》いせいもあったが、小山が大学に来ているのなら、ぜひとも話しておく必要がある、と思ったからである。

——小山の研究室へと階段を上っていったエリカは、廊下の角を曲がったところで、ピタリと足を止めた。

ちょうど小山の部屋のドアを開けて、中へ入っていこうとしているのは、石坂浩子だったのである。


「——先生」

と、浩子は言った。

「君か」

と、小山は机の上の郵便物の山から顔を上げた。

「お忙しいんでしょ」

「いや……。ま、何日か留守にしただけでこの有様だよ」

と、小山は苦笑いした。

「お邪魔するつもりじゃなかったんですけど……。和江のことで」

「どうしてるね、今？」

「眠ってます。ずっと眠りっ放しで。――でも、私も部屋にばっかりいるわけにいかないし……。アルバイトもそう休めないし」

「わかってる。君には本当に申しわけないと――」

「先生」

浩子は、たまらなくなって小山の方へ駆け寄った。そしてしっかりと抱きつく。

「君……」

「先生……。好きなんです。――和江のことなんか、もういい。先生に会いたくて、来たの」

「ありがとう」

と、小山は、やさしく浩子の肩を抱いた。

「君にそう言ってもらえるのは嬉しい。君のような子は、ざらにいないよ」

「先生。――本当にそう思ってくださってるの？」

「ああ、もちろんだ」

「嬉しい！」

浩子は小山の肩に顔を埋めた。

「――浩子」

と、小山は言った。

「こう呼んでもいいかな?」

「ええ」

と、浩子が肯《うなず》く。

「君の気持ちは嬉しい。しかしね、僕は和江に対して責任があるんだ。あの子を今のような状態にしてしまったのは僕だからね。——あの事件だって、放ってはおけない。わかるだろう? ともかく人がひとり死んでるんだからね」

「ええ……」

と、浩子は目を伏せると、

「でも、先生——」

「わかってる」

ふたりは、しばし黙ってしまった。

「いいえ、私、別に先生を責めてるんじゃありません」

と、浩子は言った。

「私……とても幸せでしたもの。ちゃんとわかっててああなったんですもの。今さら先生のせいだなんて、決して言いません」

「浩子——」

「そう呼んでくださると、とても幸せ」

と、浩子は微笑んだ。

「僕は君にすまないと思ってる。しかし、君を抱いたときの気持ちは、決していいかげんだったわけじゃないんだ」

「信じてます」

と、浩子は小山に抱きつきながら言った。

「和江のことを頼むよ。悪いけど、僕がずっとついててやれない」

「ええ」

浩子は、少し辛そうにして、小山から離れると、

「先生——やっぱり和江が好きなんでしょう?」

「いや……。責任だよ。わかるだろ?」

「そうですね」

浩子は、じっと黙って立っていたが、

「先生。——今日は、遅くなるんですか」

と、言った。

「たぶんね。たまった仕事を片づけなくちゃいけない」

「ずっとここにいるの?」

「ああ。そうだ」

「今夜、来てもいいですか」

「ここへ？」

「そう。――会いたいんです」

浩子の目は、切なげに小山を見つめている。小山も立ち上がると、浩子を抱き寄せる。

しばらく、ふたりはじっと抱き合っていた。

「――さあ、もう行って」

と、小山が言った。

「はい」

と、浩子が肯く。

「先生。和江はどうなるんでしょう」

「さあ。ともかく、あの事件を和江のせいにはできない。そうだろう？　いざとなったら……。僕が責任を負うしかない」

「じゃ――」

「まあ、君はそう心配しないで。僕に任せておくんだ」

小山は、浩子の肩を軽く叩いた。

「じゃ、もし来られたら、今夜ね。待ってるよ」

「必ず来ます」

浩子はそう言って、ドアの所まで歩いていくと、いったん足を止めて振り返り、

「必ず来ます」

と、もう一度言って、出ていった。


エリカは、浩子が重い足どりで階段を下りていくのを、見ていた。

——小山の部屋の中での話を、聞いてしまった。

エリカはためらってから、小山の部屋のドアをノックした。

「どうぞ」

「——失礼します」

「神代《かみしろ》君か！」

小山はちょっとホッとした様子で、

「いや、君でよかった。何しろいろいろ噂《うわさ》が飛びかっているようなんでね」

「奥様にお会いしました」

「照子《てるこ》に？　そうか。何か言ってたかね」

と、小山は少し照れたように言った。

「ご心配なさっていますよ。——先生。どうしてあんなことになったんですか」

エリカが椅子にかけると、小山はため息をついて、

「いや、これは君だから話せるんだが。きっと君はわかってくれるだろう」

「沢田さんと、本当に駆け落ちしたんですか？」

「駆け落ちじゃない。――君は私が中部ヨーロッパあたりの吸血鬼伝説に興味を持っていることを知ってるね」

吸血鬼と聞いて、少々エリカの胸が痛む。

「知っています」

「僕はルーマニアの古い修道院で見つかった手写本に、吸血鬼に狙《ねら》われた人間を救い出すためのまじないのようなものを見つけたんだ」

「まじない？」

「うん。どうやら一種の催眠術でね。吸血鬼の行動を再現することができる、というものだった」

小山は、ちょっと首を振って、

「沢田君とつき合っていたのは事実だ。といっても、単におしゃべりしたり、食事したりというだけだが。そのとき、そのまじないの話をしたら、彼女が面白がってね。自分にそれをやってみてくれと言いだした」

「じゃ、それを本当に？」

「うん。――まさか、本当にかかってしまうとは思わなかったんだ。冗談半分――と言ってはいけないかもしれないが、食事でワインなんか飲んで、少しふたりとも酔っていた。この研究室に夜遅くやってきて、じゃ、やってみようってことになったんだ」

エリカは、眉《まゆ》をひそめて、

「そんなの、あまりに不用心じゃありませんか。若い子に催眠術をかけるなんて」

「うん……。まあ確かにね」

と、小山はしょげている。

「で、どうなったんですか?」

「沢田君は、その暗示にかかると、サッと立ち上がって歩き出したんだ。――びっくりしたよ、こっちも。てっきり沢田君がふざけてるんだと思った。ところがそうじゃなかったんだ」

「何があったんですか」

「この建物から外へフラフラ出ていったんだ。もちろん、こっちもびっくりしてついていった。何が起こるか、見当もつかない。そのうち、目が覚めるだろうと思ってたんだ」

小山は、ちょっと言いにくそうにして、

「それで……。この裏手で犬を飼っているのを知ってるかね」

「ええ。どこかの研究室で飼ってる犬でしょ?」

「そう。沢田君は、夢遊病のように、大学の構内を歩いていって、あの犬のいるあたりへ来た。当然犬の方は吠《ほ》えかかる。すると、沢田君が突然その犬にかみついたんだ」

「何ですって？」

エリカは目を丸くした。

「犬がかみついたんじゃないんですか」

「そうなんだよ。犬にかみついた。僕は啞然《あぜん》として眺めていた。本当のこととは思えなくてね。我に返ったときには……犬が死んでいたんだ」

「死んだ？」

「犬は喉を食いちぎられていた。——沢田君がやったと言っても、誰も信じてくれないだろう。僕は犬の死体を大学の隅へ埋めた」

「で、沢田さんは？」

「その後、バッタリ倒れて、眠り込んでしまったんだ。この部屋に寝かせて、一晩ずっとそばについていた。——翌朝目がさめると、沢田君はいつもの彼女に戻っていたようで、ゆうべの出来事はひとつも憶えていない。こっちはむしろホッとして、もう何もなかったことにしようと思った。ところが……」

「また、夜になると？」

「そうなんだ」

と、小山は肯いて、

「心配になって、僕はあの子の家まで見に行った。まさか、と思っていたけどね。ところが、夜になると——。あの子がパジャマ姿のままでフラッと出てきたじゃないか。びっくりして……。母親は出かけていて留守だったので、僕は何とか沢田君を家へ連れ戻して寝かせたんだが」

「その『まじない』って、解くことはできないんですか？」

「やってみたさ、もちろん」

と、小山は肩をすくめて、

「しかし、だめだった。——解読の方法が間違っていたのかもしれない。ともかく、あの母親が娘のことに気づかないうちに何とかしなくては、と思った」

「それで彼女を連れ出したんですね」

「うん。他にどうしようもなかったんだ。駆け落ちと言われても、それでかえって本当のことは隠せるだろうし」

「でも、どうしてひとりで戻ったんですか？」

と、エリカが訊くと、小山はちょっとドキッとした様子で、

「いや……。少し安心して沢田君を置いておける所が見つかってね。妻のことも気になっていたんで、戻ろうかと——。まあ、だいぶみんなを騒がせたようだ」

と、小山は苦笑した。

「それで、沢田さんは元に戻れるんですか」

「そうだね。時間がたてば。――事実、少しずついい方へ向かっているんだよ。だから、あと何日かすれば、と思ってるんだけど」

「それならいいんですけど」

と、エリカは立ち上がって、

「心配してたもんですから」

「僕の話を信じてくれるかい?」

小山が訴えるような目で、エリカを見た。

「ええ」

「そうか。――よかった。なかなか信じちゃもらえないだろうと思ってた」

「大丈夫ですよ」

と、エリカは言った。

「何しろ、うちの父も吸血鬼ですから」

研究室を出ていくエリカを、小山は目をパチクリさせて見送っていた……。

吸血鬼

「──ここ？」

と、沢田和江《さわだかずえ》は狭い部屋の中を見回した。

「そう。悪いわね、こんな所で」

と、浩子《ひろこ》は窓のカーテンを閉めた。

「いいの。──こっちこそごめんなさいね。ずいぶん迷惑かけちゃったね」

「ちっとも」

と、浩子は首を振って、

「友だちじゃないの。駆け落ちのお手伝いくらいさせてよ」

「そうね」

和江は少し頬《ほお》を赤らめて、

「いかにも駆け落ちよね、こんなホテルの一室なんて」

──浩子が、

「これ以上アパートにいると、出てってくれと言われそうだから」

と言って、この小さなビジネスホテルに和江を連れてきたのである。

「じゃ、小山《こやま》先生もここを知ってるのね」

と、和江は訊《き》いた。

「うん。夜には来てくれるって」

「そう！」

和江は楽しげに言ってから、

「喜んじゃいけないのよね。――奥様のいる人と、とんでもないことしてるんだもの」

「気にしてもしょうがないわよ」

浩子は和江の肩に手をかけて、

「人を好きになるって、いつも『とんでもないこと』だわ」

「そう。――そうよね」

和江は元気づけられた様子で、ホッと息をついた。

「じゃ、私、バイトがあるから」

「うん。――ありがとう、浩子。忘れないわ、このこと」

「何言ってるのよ」

と、浩子は笑って、

「じゃ、気をつけるのよ」

「うん」

「ドア、自動ロックだから」

「はいはい。出るときはキーを持ってないとね」

「そう。入れなくなるわ。じゃ、おやすみなさい」

「おやすみ」

和江は、浩子が出ていくと、ドアを閉め、ひとりになった気楽さからか、大きく伸びをした。

「――先生、何時ごろ来るのかな」

と、呟《つぶや》いて、

「そうだ。お風呂に入っとこう」

小さなバスルームがついている。和江はバスタブにお湯を入れながら、ベッドのわきで服を脱いでいった。

浩子は、和江のいる部屋の窓を、ずっと見上げて立っていた。

夜の道は暗くて、静かで、人通りはほとんどない。

窓のカーテンに、和江の影がチラチラと動く。たぶん、小山の来るのを待ってうきうきしているのだろう。

腕時計を見る。――十時。もう眠ってもいいころだ。

窓の明かりが落ちた。小さく灯は見えるが、たぶん、和江はすぐ寝入る。

また起き出して、どこかへフラフラ出てしまっては困る。浩子は、ホテルの玄関を入っていった。

ビジネスホテルだし、夜間なのでフロントには人がいない。浩子はゴトゴト音をたてるエレベーターで上っていった。

心臓が、飛び出すかと思うような勢いで打っている。汗が背中を伝い落ちた。

こんなこと……。私がやろうとしているのは、何だろう？

できるかしら？　私に。――浩子は、やっていいだろうか、とは自問しなかった。やれるだろうか、と考えたのである。

和江の泊まっている部屋。浩子は、そっとドアを開けた。

ここは古いホテルなので、自動ロックではないのだ。浩子はそれを知っていて、和江にでたらめを言ったのである。

部屋は薄暗かった。しかし、少し立っていると、目が慣れてくる。

ベッドが盛り上がって、スーッ、スーッ、と寝息が聞こえてくる。

――さあ。やって！　決心したはずでしょ！

浩子は、大きく息をつくと、バッグから先の尖《とが》った小型の包丁を取り出した。刃の部分に巻いてあった布を外す。

しっかりと把《と》っ手《て》を握りしめて、浩子はベッドに近づいた。

——和江、ごめんね。

振り上げた包丁を、真っ直ぐに胸のあたりへと振り下ろす。毛布を貫いて、包丁は根元まで深々と刺さった。


「——遅かったね」

と、小山が言った。

「もう来ないのかと思って——」

浩子が、研究室へ入ってくると、一気に小山の方へ駆け寄ってきた。

「先生！」

と、ぶつかるように、小山に抱きつく。

「おい！　——どうした？　どうしたっていうんだ？　泣いてちゃわからないよ。そうだろ？」

「——ごめんなさい」

と、浩子がやっと息をついて、

「泣くつもりじゃなかったのに……」

と、涙を拭《ぬぐ》った。

「どうしたんだ。真っ青じゃないか」

「私……とんでもないこと、してきたの」

と、浩子は言った。

「とんでもないこと？」

浩子は肯《うなず》いた。そして小山から離れると、窓の方へ歩いていき、夜の大学の建物の影を眺めながら、

「私……和江を……刺したの」

小山は、しばらく何も言わなかった。

「──今、何と言った？　刺した、って？」

浩子は外を見たまま肯いた。

「どういうことだい、それは」

「私……先生が困ってるのを見てて、何とかしなきゃと思って……」

と、浩子が口ごもる。

「じゃ──君、和江を殺したのか？」

「ええ」

「何てことを——。確かに死んだのか？」

「たぶん……。ベッドの中にいるところを、上から包丁で——」

両手で顔を覆《おお》うと、

「私……何とかして、先生を助けてあげたかった……」

と、呟くように言った。

「——そうじゃないだろう」

小山の言葉に、浩子は振り向いた。

「先生。それ、どういう……」

「君は、和江にやきもちをやいた。和江さえいなければ、と思って。それで殺したんだ。そうだろう」

小山の厳しい目を、浩子は受け止めていられなかった。

「先生……」

と、目を伏せて、

「私のこと——好いてくださってるんでしょ」

「好きとは言ったが……。愛しちゃいない。僕が愛してるのは和江ひとりだ」

浩子が、ゆっくりと目を上げる。

「——そんな！」

「馬鹿なことをしたもんだ。君は——自分がわかってるのか？　和江と比べて、ひとつでもいいところがあると思ってるのか？」

浩子はよろけて、椅子に崩れるように座った。

「だって……私……」

「何てことをしてくれたんだ。——和江はどこにいる？」

「ホテル……。〈Tホテル〉ってビジネスホテルの〈503〉号室です」

「〈Tホテル〉の〈503〉だね。わかった。行ってみよう。命は取り止めるかもしれない。君はここにいろ。いいね」

「先生……」

「やったことの責任は取らなくちゃな。そのホテルへ行って、それから警察へ行って話をする。警官を連れてくるから、正直に話すんだ。わかったね」

「はい……」

「じゃ、ここにいるんだよ」

小山は、急いで部屋を出ていった。

——浩子は、体中の力がぬけてしまったようで、しばし何も考えられなかった。

先生のために……。先生のために？

そうじゃない。言われた通りだ。私は、和江さえいなかったら、きっと先生が愛してくれると思って――。

でも、そうじゃなかった。

先生は、和江を愛してた。――私は何て馬鹿だったんだろう！

警察……。警官？

逮捕される。当然だ。人を殺したんだから。

もう二十歳だから、新聞にも名前や写真が出る。

お母さん……。ごめんね。とんでもないことをしちゃった。

そう。――せめて、少しでもお母さんに辛《つら》い思いをさせないように……。

浩子は立ち上がった。そして窓へ歩み寄ると、少し錆《さ》びて開きにくくなっているのを、何とか押し開けた。

「――先生。さよなら。好きでした！」

そう言うと、浩子は窓の外へと身を躍《おど》らせた……。

小山は、廊下でしばらく待っていた。

ドアの中から、ギイギイと窓を開ける音がして、浩子が何か言うのが耳に入った。

――やったな。

少し待って、ドアを開ける。

窓が開いて、もう浩子の姿はなかった。

小山は軽く息をつくと、窓の方へと歩いていった。

「――悪く思わないでくれ」

と、下を覗《のぞ》く。

「そうはいかんな」

後ろで声がして、小山はギョッとして振り向いた。

「誰だ!」

「神代《かみしろ》エリカの父親でな」

クロロックが入ってくる。両手に、石坂《いしざか》浩子を抱きかかえていた。

「浩子……」

と、小山が目をみはる。

「そこから飛び下りたが、私が下で受け止めた。気を失っているだけで、命に別状はない」

「受け止めた? ――馬鹿な! そんなことできるもんか」

「できるんですよ」

エリカが、クロロックの後ろから姿を現した。

「神代君――」

「言ったでしょ。私の父は吸血鬼なの」

「吸血鬼？」

「しかしな」

と、クロロックが静かに言った。

「本当に吸血鬼と呼ぶべきなのはお前の方だ。若い娘たちを犠牲にして、自分はすべての責任から逃れようとするとはな」

「何の話だ？」

「先生。全部聞いてましたよ。この石坂浩子さんを誘惑しておいて、和江さんを殺すように仕向ける。その上で浩子さんを突き放す。絶望した浩子さんが自殺。――うまい筋書ですけど、人間として許せる範囲を遥《はる》かに越えてますよ」

「誰も――そんな話を信じるか！」

と、青ざめた小山が怒鳴った。

「和江さんの証言もありますよ。和江さんは生きてます」

「何だって？」

「浩子さんが刺したのは、和江さんに見せかけたクッション。ちゃんとね、お見通しなんです」

「畜生！」

「それに、人を襲って喉《のど》を裂いたのも、お前がやったことだ。吸血鬼伝説に取りつかれて、自分の欲望を抑え切れなくなって、こんなことを考えたのだ。——情けない奴だ。罪を若い娘になすりつけるなど、とんでもない話だ。本当の吸血鬼はそんなことはせんぞ」

「ふざけるな！」

と、小山は机の上の灰皿をつかんでクロロックめがけて投げつけた。

が、灰皿は空中で砕けてしまった。

「——見たか。吸血鬼を名のるなら、これぐらいのことができんとな」

「おい。——よせ！」

とわめく間に、小山の体は窓に向かってはね飛ばされ、アッという間もなく、外へ、と消えて……。

「誰も受け止める人間はいなかったな」

と、クロロックは言った。

「和江さんの部屋のベッドで匂《にお》った血って、和江さんが小山先生に身を任せたときの……」

「そうだろうな。可哀そうに。あの娘もこの娘も、小山という男にひかれていた。——裏切られることも人生だ。そう思って、立ち直ってくれればいいが」

エリカは肯いた。

私も。――私も少しは可哀そうなのに。

でも、立ち直ってみせる。

男は信じられないとか、そんなこと、考えないし。

「ウーン……」

と、浩子が声を上げ、目を開いた。

「おお、気がついたか」

クロロックが、抱きかかえたままの浩子を見下ろして微笑むと、浩子は目をパチクリさせて、

「ここ……天国ですか？」

と、訊いたのだった。

吸血鬼と切り裂きジャック

霧の夜の人影

「だけど……やっぱり……」

と、弓子《ゆみこ》はまだ迷っていた。

「何言ってんの」

と、市原《いちはら》かおりが笑って言った。

「今さら帰ってどうすんのよ。もう、友だちの家へ泊まる、って電話したくせに」

「そうそう」

と、もうひとりの山波久里子《やまなみくりこ》がタバコに火を点《つ》けて、

「思い切りが肝心よ」

「でも……何だか気味悪い」

「度胸ないのね」

と、かおりが弓子の肩をポンと叩いて、

「しっかりしな、って。男なんて、みんな同じよ」

分かったような、分からないような――。

でも、京田弓子《きょうだゆみこ》はここへ来たことを後悔していた。――帰りたい。帰って、何もかも忘れたい。

でも、それはとてもできない相談だった。このふたりの先輩に逆らえば、学校でどんな目にあうか。

今、これからしようとしていることなんか、それに比べりゃどうってことはない――かどうか、初めての弓子は知らないが。

「タバコ、やる？」

と、久里子に訊《き》かれて、

「あ、いえ……」

と、断りかけたが、

「じゃ、一本……」

タバコはやったことがある。父のポケットから二、三本かすめて部屋で喫《す》っただけだが。

火を点けてもらい、フーッと煙を吐き出すと、少し気分が落ちついてきた。

「そうそう。――リラックスして」

と、かおりが弓子の肩を抱いた。

もちろん、こんなところを見つかったら、即退学だろう。

夜、もう十一時を回っていた。このあたりは、バーとか屋台の飲み屋のある一画。そこから駅へ行く道の途中に、弓子たち三人は立っていた。

暗くて、街灯の光もあまり届かない場所だ。

こんな所で、しかも制服姿。

「この制服がいいんじゃない」

と、かおりは言った。

「そう。男はね、制服ってのに弱いの」

久里子が肯《うなず》く。

——市原かおりと山波久里子は、弓子の一年先輩の高校三年生。

学校の中でも、このふたりは先生よりずっと恐れられていた。

京田弓子は、もともと目立たない、おとなしい二年生だったのだ。それが、この夏休みを過ぎてから、理由は分からないが、同じ二年生のグループから、突然いじめられるようになった。

気弱な弓子は、学校へ行くのも怖いが、家でそんなことを話して、後でもっとひどくやられるのも怖くて、結局、三年生の中でも一番「目上の」このふたりのところへ、「何とかしてください」と頼みに行った。

かおりと久里子は、しばらく弓子を眺めて、

「子分になるのなら、助けてやるよ」

と言った。

弓子は、背くしかなかったのである。

そしていじめはピタリと止《や》んだ。

その代わり——というので、今夜、弓子はこんな場所へ連れてこられたのである。

「——来た」

と、かおりが言った。

フラフラと、かなり酔っている様子の男が歩いてくる。

かおりがその男の前に出ていくと、

「ね、遊ばない？」

と、声をかけた。

「へ？」

と、男は目をパチクリさせている。

「本物の女子高生よ。めったにない機会じゃない」

「女子高生？　——本当かい？」

と、ろれつの回らない口調で、

「君が相手？」

「ううん。そこの子よ。――男は初めて」

「ハハ、その手にゃのらないよ」

と、男が笑う。

「本当よ。――ほら、おいで」

弓子は、久里子に押されて前へ出た。

「どれどれ……。ふーん、可愛いね」

じろじろ見られて、弓子は膝《ひざ》が震えた。

とんでもないことをしている。――恐怖を覚えた。

かおりは「今日だけ」と言ったが、それですむわけがない。たぶん、何度もこうやって男の相手をさせて、こづかい稼ぎをさせるつもりだ。

「あの――私――」

「いいね。いくら？」

と男は言った。

「五万よ。初めてだもん、当たり前でしょ」

「五万？　――うーん、待てよ。今……一万しか持ってない。まけろよ、な？」

かおりがピシャッと男の手を叩いて、

「とっとと帰りな」

と言った……。

弓子はホッとした。――そうだ。誰もいなければ――。弓子を気に入る男がひとりもいなきゃいいのだ。

「何だか霧《きり》が出てきたよ」

と、久里子が言った。

「本当。珍しいね」

かおりは周囲を見回した。本当に――びっくりするほどの速さで、白い霧があたりに立ちこめた。

「何だ。――ちっとも見えない」

と、かおりが言った。

「ひどいね」

弓子は、ジワジワとふたりから離れた。

この霧の間に逃げてしまおう。後を考えると怖いが、でも、こんなこと、いやだ！

弓子は、そっと歩き出した。もう、あのふたりの姿は霧の中へ消えてしまっている。

「じき晴れるよ。――弓子。弓子」

かおりが呼んでいる。

弓子は足を速めた。しかし、自分も霧で行く手を遮《さえぎ》られているので、どっちへ向かっているのか、はっきり分からないのだ。

それにしても、何という霧だろう。こんなひどい霧なんて、町の中では見たこともない。

「弓子！　——どこなの？」

かおりが、大声で呼ぶ。

「逃げたんじゃないの？」

と、久里子が言った。

弓子は、汗が流れてくるのを感じた。——どうしよう？

もし捕まったら、どんなことになるか。

が——弓子はパタッと足を止めた。

誰かが目の前に立っていたのだ。

スーッと霧が薄れて、弓子は動くこともできなかった。

「——何だ、そこにいたの」

かおりがやってくる。結局、ほんの三、四メートルしか進んでいなかったのだ。

「へえ、誰？」

と、かおりもその男に気づいた。

黒いコートをはおって、黒い帽子を目深《まぶか》にかぶっているので、顔がほとんど見えない。

どことなく無気味な印象を弓子は受けた。

「この子、まだ男を知らないんだよ。ね、どう？　五万で買わない？」

と、かおりが弓子の肩をしっかりとつかんだ。

その手は、「逃げたら承知しないよ」と言っていた。

「どうする？」

男は、黙っていた。かおりは、ちょっと苛々《いらいら》した様子で、

「いやならいいよ。こんなチャンス、めったにないのにね」

と肩をすくめ、

「弓子、おいで。あっちへ行こう」

と促す。

弓子が歩きかけたとき、

「買おう」

と、男が言った。

「そう。じゃ、前金だよ、もちろん」

と、かおりが言った。

やめて、やめて……。いやだ。こんなの、いやだ。

弓子は心の中で叫んだが、言葉にはならなかった。すると——声が聞こえた。

「心配するな。大丈夫だ」

え？　——今のは？

声といっても……妙だった。耳に聞こえたのではなく、頭の中に響いたようで……。

でも、はっきりとそう聞こえたのだった。

男が札を差し出す。かおりは数えて、

「確かに。——弓子、良かったね。これであんたも一人前さ」

と、弓子の肩を叩いた。

「久里子。この裏のホテルへ案内してやりなよ」

「うん」

「その必要はない」

と、男は言った。

「すんだら返しに来る」

「本当？　一時間だよ。五分や十分は待つけど、ちゃんと——」

「心配するな」

男の言い方は、どこか有無《うむ》を言わせぬものがあった。かおりは久里子と顔を見合わせてから、

「OK。じゃ、信用しとくよ」

と肯いた。

「じゃ、しっかりやんな」

久里子が短く笑う。

弓子は、こわばった足を、何とか動かして歩き出した。男の手が肩に置かれている。別に力を入れている風ではないのに、弓子はこの男の手からは逃げられない、と感じた。

仕方ない。——諦《あきら》めるしかない。

弓子は男と並んで歩いていった。細い道を辿《たど》ると、その向こうはホテルがひしめくように並んでいる。

その細い道を出たところで、男は足を止めた。

「ここにいろ」

「え?」

「動くなよ」

男がサッとコートの裾《すそ》を翻《ひるがえ》して戻っていった。

弓子は、いつの間にか、また霧が立ちこめてきたのに気づいた……。

——かおりと久里子は、古ぼけたベンチに腰をおろしていた。

「また霧だよ」

と、久里子が言った。

「変な気候だね」

「どうでもいいよ」

と、かおりはタバコに火を点けて、

「弓子は、当分高く売れるね」

「うん。見るからにお子さまだし」

「あの手のが好きな男がいるからさ。——何も見えないや」

と、かおりが顔をしかめる。

「ともかく、当分は『今夜が初めて』ってことにしよう……。あれは？」

かおりは、足音が近づいてくるのを聞いた。

男の足音。それは何だか今、弓子を連れていった男の足音のように聞こえたが——。

久里子がベンチから立つのが分かったが、姿はまったく見えない。

「ちょっと。——どこに行くの？　迷子になるよ、この霧じゃ」

と、かおりは言った。

すると——何か小さな叫び声のようなものが、一瞬聞こえたようだった。しかし、耳を澄ましても、もう何も聞こえてこない。

気のせいか、とかおりは思った。

タバコをふかしていると、また霧が薄らいでくる。

そして……。久里子が、目の前に立っていた。

「何してんの？」

と、かおりは訊いたが、その言葉を口にし終わらないうちに、タバコが手から落ちていた。

「かおり……」

久里子は、手をかおりのほうへ伸ばした。

「助けて……」

久里子は、血だらけだった。そして、かおりは、久里子の足下に広がっているのが久里子自身の血だと知った。

「どうしたの、久里子！」

「刺され……た」

久里子がそれだけ言って、バタッと倒れる。——もう、ピクリとも動かなかった。

かおりは、震える足でその場を離れた。

走ろうと思っても、足が言うことを聞かない。かおりはよろよろと、まるで自分が酔っ払いになったかのように、歩いていった……。

切り裂きジャック

「怖いわねえ」

と言ったのは、橋口《はしぐち》みどり。

「何のこと？　みどりのことだから、『まんじゅう怖い』か」

と、からかっているのは大月千代子《おおつきちよこ》である。

「ちょっと！　いつまでも人のこと、食い気ばっかりだと思ってんの」

と、みどりがにらむ。

「あら、失礼。違ってた？」

「当たってるけどさ」

——N大の女子学生三人組のもうひとりは、いうまでもなく神代《かみしろ》エリカである。

三人は、電車に乗っていた。

社会心理学の授業が課外で、そのまま解散。もちろん、そのまま帰ったら女がすたる、というわけで（？）、三人で遊びに出るところだ。

「あの女子高生殺しよ」

と、みどりが言った。

「ああ。ひどいね」

と、千代子が肯《うなず》いて、

「お腹《なか》、切り裂かれたって？　変質者だね、そんなの」

「ま、普通の人間はやらない」

と、みどりが言った。

「だけど……。女の子の方も、男と年中お金もらって遊んでたって——。凄《すご》いねえ、今の高校生は」

と、千代子がため息をつく。

「高校生だけじゃないわ。うちの大学にだっているらしいわよ。たとえば——」

「みどり」

と、エリカが口を開いた。

「電車の中よ。誰が聞いてるか分かんないんだから、めったなこと言うもんじゃないよ」

「はいはい。——だけど、犯人は全然見当つかないみたいね」

エリカは、窓の外の風景に目をやった。

そろそろ夕方。——晩秋の夕暮れは早い。

エリカは父、フォン・クロロックの血を継いでいるので、日が暮れてからのほうが元気になる。父、クロロックは由緒正しい(?)吸血鬼。

もっとも、人間の母とのハーフであるエリカは、昼間でも充分元気、というもっぱらの評価だった。

確かに、みどりの言うように、同じ大学でも、こづかいほしさに、男の相手をする子はいないでもない。

どうしてもっと自分を大切にしないの、と言ってやりたくなる。十代なんて、まだやっと大海へのり出したばかりの船と同じだ。どこへでも舵《かじ》を取っていけるのに。

殺された子は可哀そうだが、かなり、そういうほうでは常習で、むしろ下級生を好きに使って「アルバイト」をさせていたという話だった。

「父が言ってたわ、『切り裂きジャック』の事件を思い出すって」

とエリカは言った。

「『切り裂きジャック』? 飛行機をのっとるやつ?」

「あれはハイジャック」

と、エリカは訂正して、

「十九世紀の末に、売春婦ばっかり五人も殺した男よ」

「五人？　へえ。よく元気あるね」

　と、みどりが変な感心の仕方をしている。

「でも、結局捕まらなかったの。だから本当の名前も素性も、誰も知らない」

「へえ。じゃ、迷宮入りになった、ってわけ？」

「そう。——それに、刃物でお腹が切り裂かれた、というあたりが、今度の事件とよく似てるのよ」

　と、エリカは言った。

「もちろん、百年以上も前のことだから、直接は関係ないけどね」

　エリカがそう言って、話題を変えようとすると、

「そんなことはない」

　と、誰かが言った。

「え？」

　みどりが目をパチクリさせて、

「何か言った？」

「言わないよ。誰か——」

「私だ」

　と、また誰かが言った。

「私は戻ってきたのだ、百年後の世界に。乱れたこの世を罰するために」

エリカたちは、やっと誰が言っているのか分かった。

同じ車両の、反対側の扉のわきに立っている女子高校生である。しかし、女の子の声なのに、言葉は男のもののようだった……。

エリカは、その制服姿の女の子のほうへと近づいていくと、

「ね、あなた」

と、声をかけた。

「今、何て言ったの？」

女の子がエリカのほうへ顔を向ける。エリカは何かゾッとするようなものを感じた。

「誰もが私の名に感謝するようになるだろう」

と、また男のような言い回しで、

「この腐った世を、私はきれいにするために来たのだ」

エリカは、その女の子にはまったく何をしゃべっているか、分かっていないのだと気づいた。

目はエリカを見ているようで、何も見てはいない。顔の表情も失われて、仮面でもつけているようだ。

誰かに、催眠状態にされている。

「しかし……」

「しっかりして！」

と、エリカは女の子をつかんで揺すったが、まったく反応しない。

「ワッ！」

エリカがピョンと二メートル近くも飛んで、その女の子から離れた。

「どうしたの、エリカ？」

「ううん」

エリカは少し青ざめていた。

「何でもない」

エリカは、あの少女の中から、凄い力が飛び出ていったのを感じたのである。それに捕まらないうちに、エリカは少女から離れたのだ。

そして、エリカの予測したことだったが、その女子高校生は、急に気を失って電車の床に崩れるように倒れたのだった。

「――すみません」

と、その少女はまだ少し青白い顔をしていたが、気丈に肯いてみせて、

「もう大丈夫です」

と言った。

「遠慮することないのよ」

と、エリカは言った。

「ゆっくり休んでいって。――気をつかうことないから」

「でも……」

「あ、ちょっと待ってね」

エリカは、母の涼子《りょうこ》が自分の部屋のドアをそっと細く開けて中を覗《のぞ》き込んでいるのに気づくと、立ち上がった。

廊下へ出ると、涼子が少し離れた所で腕組みして難しい顔をしている。

「どうしたの、お母さん？」

と、エリカは訊いたが、この涼子が後妻で、エリカより一つ年下、ということはご存知だろう。

「誰なの、あの子？」

と、涼子は声をひそめて言った。

「うん、ちょっと電車で気を失って倒れたんでね、連れてきたの」

「どうしてうちに？　駅の人にでも任せときゃいいじゃないの」

ははあ、とエリカにもピンと来た。何しろこの若い奥さんは凄いやきもちやきなのである。

　クロロックは吸血鬼とはいえ、ひとりの「おじさん」でもあるから、やはり可愛い女の子にはつい親切にする。涼子のほうはそれが面白くない、というわけだ。

　確かに、エリカの連れてきた少女——京田弓子《きょうだゆみこ》と名のったが——も、なかなか可愛い顔立ちをしていた。涼子としては、亭主が帰ってくるまでに追い返したいのだろう。

　ちなみに、クロロックは「クロロック商会」という会社の雇われ社長をつとめている。吸血鬼としては、やや情けないことかもしれないが、幼い虎ノ介《とらのすけ》と妻の涼子を抱えていることでもあり、やむを得ないことと許してやるべきだろう。

「大丈夫。ちょっと気になることがあって、お父さんに見せたいの」

　と、エリカは言って、

「心配しないで。純粋に心理学的な興味の対象にしかならないから」

　と、付け加えたが、涼子のほうは安心しきれていない様子だった。

「でも……あの子、あの人の好みのタイプだわ……」

　と、ブツブツ言っている。

　そこへ、当の京田弓子が出てきて、

「あの——もう失礼させていただきます」

　と、声をかけてきた。

エリカがあわてて、

「でも、まだ顔色が――」

と言いかけると、涼子が、

「そうよね。遅くなるとお宅で心配なさるわ」

と遮《さえぎ》る。

「さ、玄関はこっちよ」

と、弓子を案内していったが、ちょうどそこへ玄関のドアが開いて、

「ただいま」

と、クロロックが帰ってきたのだ。

エリカはホッとして、

「お父さん！　待ってたのよ」

「何だ。私に用か？　借金ならだめだぞ。金はない」

と、クロロックは言った。

「何言ってんの。いつも私のところへ借りに来るくせに」

と、エリカは言ってやった。

聞いていた弓子がふき出してしまう。クロロックはふしぎそうに弓子を見て、

「どなたかな？」

涼子が不機嫌そうに、

「あなたの患者さんですって」

「患者？」

「エリカさんが連れてきたの。詳しいことはエリカさんに聞いて」

と、プイと台所のほうへ行ってしまう。

「何か……私、悪いことしました？」

と、弓子は目をパチクリさせている。

「気にしなくていいのよ」

と、エリカが弓子の肩を叩く。

クロロックが真剣な顔になって、

「あんたは——」

と言いかけて、やめた。

「エリカ。腹が空《す》いた。涼子にそう言ってくれ」

「うん」

「じゃ、私、これで……」

と、弓子は挨拶《あいさつ》をして出ていった。

「——お父さん。あの子に何か感じなかったの？」

と、エリカがいささかがっかりして訊くと、

「感じたとも」

と、クロロックは眉《まゆ》を寄せて、

「エリカ、あの子の後を尾《つ》けてみろ」

「何か……」

「あの子には、『血の匂《にお》い』がしみついている」

と、クロロックは言ったのである。

「私が？　お父さんがついていたほうが――」

「無理だ」

「どうして？」

そこへ虎ちゃん、こと虎ノ介が両手をいっぱいに広げて、

「ワア！」

と駆けつけてくると、クロロックにしっかりとしがみついた。

こりゃ無理だわ、とエリカは確かに思った。そして、

「晩ご飯のおかず、取っといてね！」

と言うと、急いで玄関を出て、京田弓子の後を追ったのである。

遠い眼

「じゃ、何も心当たりはないんだな」

と、久保田《くぼた》は念を押した。

いくら先生ににらまれようと、市原《いちはら》かおりはびくともしない。しかし今度ばかりは、平静を保つのに苦労した。

「はい」

と、何とか答える。

「――分かった。行っていい」

と、久保田は言った。

かおりは、きちんと立って、

「失礼します」

と一礼した。

職員室を出ると、フッと息をつく。

廊下を歩いていくと、いつの間にか入江《いりえ》ゆり子がピタッと後ろについて歩いていた。入江ゆり子は二年生で、かおりの忠実な子分のひとりである。

「どうでしたか？」

と、入江ゆり子が訊《き》く。

「どうってことないよ」

かおりは子分の手前、軽く肩をそびやかしてみせた。

「甘いもんさ。先生のほうだって、スキャンダルはいやだろうからね」

そう。——学校側だって知っている。特に生活指導担当の久保田は、市原かおりが、いわば学生たちの「ボス」であることも、承知している。

しかし、何といっても、かおりはもう三年生。来年の春になれば、この学校を出ていく。

だから、先生のほうも今、何か問題を起こすのは極力避けたい。早くかおりに出ていってほしいのである。

死んだ山波久里子《やまなみくりこ》が、かおりの「一の子分」だったことは、誰でも知っている。だから、当然、久里子が殺されたことについても、かおりは事情を訊かれていたのだ。

だから、久保田に呼ばれたとき、かおりも多少は覚悟した。しかし——結局、かおりが、

「何も知らない」

と、一言言っただけですんでしまったのである。

かおりが事件に係わっていては、学校のほうも困るのだ。つまり、かおりに対して何かの処分をしなければならないからで、そうなると、ことは公《おおやけ》になって、警察も目をつける。

そんなことは、学校側の一番いやがることなのだ。

久里子がお金で男と遊んでいたことについても、学校は、

「あれは特殊な生徒です」

と言って片づけようとしている。

かおりは、久保田の態度の中に、はっきりと学校側の姿勢を見てとっていた。

「心配ないよ」

と、かおりは入江ゆり子に言った。

「じゃ、安心しました」

と、ゆり子が言って、足を止めた。

「京田《きょうだ》弓子《ゆみこ》ですよ」

かおりは思い出した。——そうか。もうひとり、あのとき久里子とかおりが一緒だったことを知っている人間がいる。弓子だ。

「あの子、生意気ですよ」

と、ゆり子が言った。

「待って」

と、かおりは押さえて、

「まあ、そう悪い子でもないわよ」

弓子は、廊下の隅に置かれた小さな古いベンチに腰をおろして本を読んでいた。

そう。――もちろん弓子は何もしゃべらないだろう。しかし、いちおう釘をさしておくのもいいかもしれない。

「ゆり子。ちょっと外して」

と、かおりが言うと、入江ゆり子は、すぐに、

「はい」

と答えて、サッと離れていく。

かおりは、本から顔を上げずにいる弓子のほうへ歩いていくと、その前に立った。

しかし――弓子は、パラッ、パラッと本のページをめくっているだけ。

「弓子」

と、かおりは言った。

「弓子。――聞こえてるのなら返事しなさいよ」

弓子は、それを聞くと、ゆっくりと顔を上げた。

かおりはちょっと戸惑《とまど》った。弓子の目は、まったく表情らしいものを浮かべていなかったのである。

少なくとも、かおりの顔を見てドキッとするぐらいのことはあるだろうという、かおりの予想は裏切られたのだ。

「読書？　熱心ね」

と、かおりは言った。

すると弓子は、

「何かご用ですか」

と、無表情なままで聞いた。

「一言言っとこうと思ってね。分かってるだろうけど、あのことについちゃ口をつぐんでるんだよ」

すると、弓子は微笑んだ。何だか、人をちょっと馬鹿にしたような笑いだった。

「何がおかしいのさ」

と、かおりは少し凄味《すごみ》を利《き》かせて言った。

だが、弓子のほうはいっこうに応《こた》えた様子もなく、パタッと本を閉じると、

「黙っててもらいたければ、今後一切私に構わないで」

と言うと、立ち上がって、さっさと歩いていってしまった。

かおりは唖然《あぜん》として弓子の後ろ姿を眺めていた……。


「いいかい。少々傷が残ってもいいから、思い切りやっつけるんだよ」

と、かおりは言った。

「任しといてください」

入江ゆり子は、フフと小さく笑った。——京田弓子を徹底的にいじめていたのは、このゆり子なのである。むろん、かおりの言いつけに従ったので、弓子をバイトの道具に使おうという、かおりの考えだったのだ。

しかし、今はそんなことはどうでもよかった。あの弓子になめられた！

かおりにとっては、絶対に許すことのできない侮辱《ぶじょく》である。

——帰り道。弓子はひとりだった。

人の通らない道。——まったく、というわけではないが、この道を通って帰る子は少ない。弓子を待つには、都合のいい場所だった。

ゆり子が出ていくと、もちろん弓子の目に入ったに違いないのだが、弓子はまったく気にも止めない様子で歩き続けた。

そして、待っているゆり子のわきを通り抜けようとした。

「待ちなよ」

と、ゆり子が弓子の肩をギュッとつかむ。

すると、弓子はパッとゆり子の手を払い落とした。

「触らないで。汚れるわ」

冷ややかな言葉だった。――ゆり子が怒りで真っ赤になった。

「弓子！　誰に向かって言ってると思ってんの！」

と怒鳴ると、

「目はちゃんと見えてるもの。あんたのことぐらい分かってるわ」

これは何？　――ゆり子のほうが、あまりに思いがけない展開に面食らっている。

「よくもそんな口を……。あれだけやられて、まだこりないんだね」

と、ゆり子は弓子の胸ぐらをつかんで、凄んでみせた。

ところが、弓子はまったく動じる気配もない。

「やめといたほうがいいわよ」

と、薄笑いまで浮かべている。

「何ですって？」

「あんたのためよ。心配して言ってやってるんだからね」

「へらず口を叩いて……」

と言いかけて、ゆり子は戸惑った。

霧《きり》が——突然白い霧が周囲に立ちこめてきた。そして見る見る間に弓子とゆり子を包んでしまったのである。

「な、何よ、これ?」

「だから言ったでしょ。やめといたほうがあんたのためだって」

ゆり子は、気味が悪くなって、弓子から手を離した。

「憶えてなよ。——今度会ったら……」

「もう会わないと思うけど」

弓子の言い方には、どこかゾッとするような冷たさが感じられた。

「少なくとも、生きて会うことはないと思うわ」

ゆり子は濃い霧の中で、何も見えなくなって、パニックに陥《おちい》った。

「先輩! どこですか! どっちに行けばいいの? ——誰か! 何とかして!」

グルグル回っているうちに、どっちへ向いているのか分からなくなってしまう。

「弓子……。どこにいるのよ」

と、情けない声になる。

「ね……。ごめん。あんたのこと、いじめるつもりじゃなかったのよ。——ただ、市原先輩に言われて……。しょうがなかったの。本当よ!」

しかし、霧の中には、もう誰の気配もなかった。ゆり子は、とんでもなく広い所に、たったひとりで取り残されているような気分になっていた。

「誰か……。返事して！」

泣きだしそうになって言うと——。

黒い姿が、霧の中から現れた。それは「やってくる」というより、まるで「にじみ出てくる」ようだった。

黒いコートをはおって、黒い帽子を目深《まぶか》にかぶって、顔を見せていない。

「あの……誰……ですか？」

と、ゆり子はこわごわ訊いた。

「掃除しに来たのさ」

と、その男は言った。

「この世の汚れをきれいに取り除きに来たのだ」

「え？」

ゆり子は、男の手が刃物を——刃渡り二十センチもありそうなナイフをつかんでいるのを見て、息をのんだ。

助けて！　人殺し！

ゆり子は叫んだ——つもりだったが、声にはならなかった。

逃げたくても、足がすくんで動けない。

刺される。久里子みたいに、切り裂かれるんだ……。

どうせなら、わけの分からないうちにやってくれたら。しかし、男は汗を流して立ちすくむゆり子を眺めて、楽しんでいるようだった。

「さあ……。じっくり時間をかけて、死んでいけ」

ナイフの刃先がゆり子のスカートをゆっくりと切り裂き始める――。

と、霧が乱れた。

男がハッとする。霧は渦を巻いた。

「邪魔したな！」

と、叫ぶように言うと、男の姿はサッと霧の奥へと消えた。

そして――棒立ちになっているゆり子の周囲で、霧は急激に散り始めた。

ゆり子はヘナヘナと地面に座り込んでしまった。

「大丈夫か」

と、目の前に立った男が言った。

でも――あの男じゃない。黒いマントを垂らして、妙な格好をしているが、見下ろす視線は穏やかだった。

「あの……」

「危ないところだったな。しかし、お前も自らまいた種だった。強い者にとり入って、弱い者いじめをするのは人間として一番恥ずべきことだぞ。よく反省することだ」

――もちろんクロロックなのである。

「は、はい……」

水を浴びたように汗だくになったゆり子は、ただコクリと肯くだけ。

「では、気をつけて帰れ」

クロロックはサッとマントを翻《ひるがえ》して、立ち去った。

ゆり子は、さっきと何の変わりもない風景の中、自分ひとりでいるのを知って、ホッとすると同時に、気を失って倒れてしまったのだった……。

弓子は、軽やかな足どりで道を急いでいた。

――何て気持ちいいんだろう！

弓子は、通い慣れた道がまるで生まれて初めて見る異国の風景のように新鮮に見えて、びっくりしていた。

本当に――歌でも歌いだしそうなほど上機嫌だった。

もう誰も怖くなんかない！　――この気分！

重い鎧《よろい》を脱ぎ捨てたときの武将も、こんな気分だったろうか。重苦しく、いつも自分の頭上にのしかかっていた灰色の雲が、一挙に晴れて、いっぱいの青空が広がったような……。

「待て」

と、声がした。

「あ……。はい」

と、弓子は足を止めた。

「ゆり子を……殺したんですか」

「いや」

「そう……。でも、もう大丈夫ですよね」

「うん。もう君をいじめることはないだろう」

「良かった！　——ありがとう」

誰と話しているのか、自分でもよく分かっていない。というより、相手の声は、弓子の頭の中で響いているのだ。

「君に頼みがある」

「何ですか？　何でも言って！　私のこと、救ってくれたんですもの」

「君をこの前介抱《かいほう》した女子大生。あの子に近づいて、父親のことを探ってほしい」

「ああ……。何か変わった格好した人ですね」

「そうだ。何者で、どこから来たのか」

「外国人……みたいでしたね」

「そうだ。分かったね」

「はい。任せてください」

と、弓子は言って、

「あの……」

「何だね？」

「お礼が言いたいんです。――現れてくれませんか？」

少し間があって、

「会わないほうがいい。君は私と係わり合わないほうがいい」

と、やや寂《さび》しげな声が答えた。

「でも……。この間、あなたは私をホテルへ連れていって――」

「もう忘れなさい」

と、男は言った。

「君と私は、生きている世界が違うのだ」

「はい……」

「何かあったら、いつでも私を呼ぶといい」

「はい」

弓子は明るく答えて、そして――もう男がそばにいないことを知った。

しかし、どこかで見ていてくれる。――弓子は、遠くから自分を見つめてくれている、男のやさしい「眼」を感じていた。

そして、再び軽やかな足どりで、黄昏《たそが》れかけた道を歩いていったのだ……。

逆転

「何だ、かおりじゃねえか」

と、白いスーツの男は、グラスを手にして、振り向いた。

「どうも……」

と、市原《いちはら》かおりは会釈《えしやく》して、

「あの……」

「分かってる。例の殺しのとき、そばにいたんだって？」

「ご存知なんですか」

「地獄耳さ。ちゃんと情報は入ってくる」

と、その男は言った。

「何か飲めよ」

「ええ……」

かおりは、あまり気が進まなかったが、すすめられた以上、いやとは言えなかった。

暗く照明を落としたバーの中にいると、かおりは何だか居心地が悪かった。

「どうした？　びくついてるのか」

と、三田《みた》は言って、笑った。

「かおりらしくもないぞ」

「でも……あんなことを目の前で見たんですよ」

かおりは、ウイスキーのグラスを取って、少し思い切ってあおった。

「いい飲みっぷりだ」

三田はニヤリとして、

「ま、あんな奴はいつの世にもいるのさ」

と言った。

三田は、いわば市原かおりの「兄貴分」である。

かおりも、三田がコカインとか覚醒剤に手を染めていることを知っている。

もともと、かおりはそんなことにまで興味はない。むしろ、学校の中で「ボス」の地位にいられれば良かったのだ。

けれども、そうなると、三田のような連中のほうで放っておかない。かおりは、気がついてみたらこの三田の「弟分」——いや、「妹分」にされていたのである。

いったんこうなってしまうと、簡単には脱け出せない。

かおりが下級生を使って「アルバイト」をやらせるのに、今は三田の口ききが絶対に必要だった。

三田には下手《したて》に出なくてはいけないが、その分、かおり自身もこの世界で一目《いちもく》置かれる存在で、それは悪い気分じゃなかった。

ただ——今になって、かおりは初めて三田とつながりを持ったこと——いや、そもそもこんな風になってしまったことを、重荷に感じ始めていた……。

「で、何か用か？」

と、三田が訊《き》く。

「あの……二年生で、京田弓子《きょうだゆみこ》ってのがいるんです。その子が、久里子《くりこ》のやられたとき、一緒にいて。黙らしとく必要があるんですけど」

「そんなことぐらい、お前なら簡単だろうが」

「それが——ちょっと手こずってるんです」

と、かおりは言った。

「何とかしていただけません？」

三田は、ちょっと考えていたが、

「その娘——弓子っていったか？　可愛いのか」

と、訊いた。

「悪くありません」

「ふむ……。ここんとこ、若いのにはごぶさただ。――好きにしていいんだな」

「もちろんです」

「よし」

三田はグラスを空《あ》けて、

「手を貸そう」

「すみません」

と、かおりは頭をかいた。

「その代わり――」

と、三田はニヤリと笑って、

「取りあえず今夜はお前とお付き合いしたい。いいだろうな」

かおりは、ちょっと目を伏せた。

断るわけにはいかない。――三田のような男を、かおりは決して好きじゃないのだが。

「はい」

と、かおりは肯《うなず》いたのだった……。


「びっくりしたぞ」

と、久保田《くぼた》は言った。

「道に引っくり返ってるんだからな、いきなり」

「すみません」

入江《いりえ》ゆり子は、タオルで濡れた髪の毛を拭《ふ》いた。

道で気を失って倒れているのを、久保田が見つけて、学校へ運んで戻ったのである。

もう夜になっていたが、ゆり子は、クラブのシャワー室で熱いシャワーを浴びて、やっと息をついたところだった。

「いったいどうしたっていうんだ？」

と、久保田に訊かれても、まさか本当のことを答えるわけにはいかない。

ゆり子が迷っていると、

「俺が言ってやろうか」

と、久保田が言った。

「え？」

「市原だろう。お前が市原の子分だってことぐらい、俺だって分かってるぞ。何か気にさわることをやって、市原に殴《なぐ》られるかどうかした。どうだ、図星だろう」

まさか、先生からそんな言葉を聞こうとは思わなかった。——ゆり子は、しばらく黙っていたが、どうやら久保田はそれを肯定と取ったらしく、

「俺もな、立場ってもんがある」

と、ため息をついて、

「生活指導の担当として、久里子のようなことを、他にもやってるのがいるとなると、まずいんだ。分かるか」

「はい」

「俺はな、市原を退学させてもいいと思ってる」

久保田の言葉に、ゆり子は仰天《ぎようてん》した。

「市原ひとりを退学にして、学校の中がきれいになるのなら、それはそれでいい。——そうだろ?」

「はい……」

「そこで、相談だ」

と、久保田は、ゆり子を椅子にかけさせ、

「市原を退学させるのに、証言してくれないか」

「私がですか!」

ゆり子は青くなった。

「とんでもない! 殺されちゃう」

「大丈夫。あいつひとりがはじき出されてしまえば、何もできやしない。その代わり、お前を生徒委員長に任命してやる」

「私が——委員長？」

ゆり子は目を丸くした。委員長は、学校の任命なので、優等生しかなれない。その代わり、委員長はかなり特権があって、生徒たちを動かすことができる。

「先生。——それ、本気ですか？」

「ああ。その代わり、お前も協力してくれなきゃ困るぞ。委員長になれば、お前は事実上ここの学生たちのボスになる。市原の後を継いでな。俺がバックアップして、少々のことは目をつぶってやる。だが、お前のほうも今の市原みたいに、ヤクザとつながったりしたら、俺もかばいきれない」

「先生、そんなことまで——」

「知ってるとも。ああなったら、食いものにされるだけだ。分かるか」

「——はい」

と、ゆり子は肯いた。

「よし。入江、お前は話の分かる奴だと思っていた。どうだ。協力して、市原を叩き出さないか？」

いくら夜とはいえ、学校の中でこんな話をしているということが、ゆり子には信じられなかった。しかし、どう見ても久保田は真剣である。

「いつまでも、お前も市原の使い走りをしていたくないだろ？」

久保田の言葉は、グサッと来た。

「分かりました」

と、ゆり子は肯いた。

「やってくれるか」

「はい。——でも、先生、いざとなったら、約束を忘れて、私まで退学なんて、いやですからね」

「心配するな」

と、久保田はゆり子の肩に手をかけて、

「お前は市原より頭がいい。あいつは度胸がいいだけさ」

と言った。

肩に置かれた久保田の手は、ゆり子に何かを伝えようとしているようだった。

ゆり子が久保田を見て微笑むと、久保田のほうも、口もとに笑みを浮かべた。——それはふたりの間に「秘密」ができたことを、意味していた……。

弓子は足を止めた。

「——待ってたよ」

と、かおりが言った。

「もうやめて、って言ったでしょ」

「強気だね。でも、いつもいつも、あんたに幸運が味方するとは限らないんだよ」

――弓子は、ピアノのレッスンの帰りだった。

家は静かな山の手の住宅街にあるので、夜ともなると少し寂《さび》しいくらいだ。

「市原さん」

と、弓子は言った。

「私をいじめさせて、助けを求めるように仕向けたのは、あなたね」

「当たり前でしょ。そんなことも分からないで、よくこのせち辛《がら》い世の中を生きてきたわね」

と、かおりは笑った。

「ひどい人！　弱い人間をいじめて、何が面白いの？」

「その質問は、そっちの人にしてやって」

振り向いた弓子は、男たちが三人、すぐそばに来ているのを見た。

「――何か用ですか」

「ちょっとお付き合い願おうと思ってね」

と、白いスーツの男が言った。

どう見ても、まともな連中ではない。

「市原さん……。こんな人たちとお付き合いがあるの？」

「こんな人、で悪かったね」

と、三田が笑って、

「俺がたっぷり喜ばせてやるさ。——おい、その辺に引っ張ってって、服をはぎ取ってやれ」

「やめて」

と、弓子は後ずさる。

「けがするわよ。いいえ、命がなくなっても、知らないわよ」

「ほう。ずいぶん心配してくれるじゃないか」

と、三田が肩を揺すって、

「用心棒でもついてるのかい？」

すると……霧《きり》が静かにあたりに渦巻き始めた。

「気をつけて！」

と、かおりが叫んだ。

「危ないわ！」

「何だ……。何も見えねえぞ」

と、三田が戸惑《とまど》っていると――。

「ワッ!」

と、ひとりが声を上げた。

「おい!　どうした?」

「兄貴……。兄貴……」

霧の中から、フラッと現れた子分は、腹のあたりを血に染めていた。そしてバタッと倒れる。

「畜生!　おい、用心しろ!」

三田はナイフを取り出した。

「兄貴……。どこです?」

と、もうひとりの子分が情けない声を出す。

「こっちだ。――おい、聞こえるか?」

「はあ……」

「近くへ来い!　離れてると危ない」

子分が霧をかき分けるようにしてやってきて、倒れている仲間にけつまずいた。

「ど、どうしたんで?」

「やられてる。気をつけろ」

「で、でも――」

三田は、ほんの一メートルほどしか離れていない子分の後ろから、腕が伸びてくるのを見た。霧の中に体はスッポリと隠れてしまっている。

「おい!」

と、三田が言ったときには、もう子分の喉《のど》が真一文字《まいちもんじ》に切り裂かれていた。

血がふき出して、三田の白いスーツに飛ぶ。

そして、ナイフを握った腕は、スッと霧の中へ消えてしまった。

「何だ……。畜生! どこのどいつだ!」

三田はキョロキョロと周りを見回した。

しかし、霧はまるで生きもののように三田をびっしりと取り囲んでくる。

ガサッと音がしては飛び上がり、えりもとに風が吹いては、

「ワッ!」

とナイフを振り回す。

三田は汗びっしょりになっていた。

すると――。黒い人影が霧の中に現れた。

「もうよかろう」

霧が、乱れた。――びっくりするほどの速さで、霧が消えていく。

「――ちょっと目を離したら」

と言ったのは、エリカである。

「うむ……。ふたりとも死んどるな」

と、クロロックは首を振って、

「世の中をきれいにしたい、という気持ちは分からんでもない。しかしな、そのために血を流すのは間違いだぞ」

三田のほうは、ポカンとしていたが、何しろ目の前に立っている「変な奴」(自分だって相当に変だが)が、子分たちを殺したのだと思い込んでも無理のない状況である。

「こいつ!」

と、ナイフをくり出したが――。

アッサリやられちまうようなクロロックではない。

「うるさい」

と、片手ではねのけると、三田の体は二、三メートルふっとんで、どこかの家の塀《へい》にぶつかってしまった。

「のびちゃったよ」

と、エリカが言った。

「構わん。切り裂かれるよりはよかったろう」

と、クロロックは言った。

市原かおりは、もうどこかへ逃げてしまっていた。

そして、京田弓子がひとり、じっと立っていたのである。

「弓子さん」

と、エリカが言った。

「ゆっくり話をしましょう」

「何も……話すことなんて……」

と、弓子は口ごもった。

「そうかな?」

クロロックは、かがみ込むと、地面に伏して死んでいるふたりの体を仰向《あおむ》けにした。

生々しい傷口を見て、弓子は思わず目をそらした。

「あんたの気持ちは分かる」

と、クロロックは言った。

「いじめられていた辛《つら》さはな。しかし、その仕返しにしては、少しやり過ぎだと思わんか」

「放っといて!」

と、弓子は叫ぶように言った。

「分かるもんですか！　いじめられた日々の辛さが……。まるで地獄があるのなら、まだこれよりましだろうと思えるくらい……。毎日毎日、死ぬことばっかり考えてなきゃいけない、あの気持ちが……」

　クロロックは少し厳しい口調になって、

「確かに、これをやった男は、あんたを救ってくれたかもしれん。しかしな、奴はあんたを利用してもいるのだ。おそらく奴は誰かこの世界の人間の体を通してでなければ現れることができん。ということは、奴のこれからの『仕事』に、あんたはずっと付き合うことになるのだぞ」

　弓子は、やや青ざめた表情でクロロックの話を聞いていたが、

「――おっしゃることは分かります」

　と言って、真っ直ぐにクロロックを見た。

「でも、私、あの人を手伝ってあげたい。世の中には、本当に弱い人間をいじめることしか知らない人間がいるんですもの」

「弓子さん――」

「失礼します」

　弓子が足早に立ち去る。

「ふむ……。困ったもんだな」

と、クロロックが腕組みをした。

「何者なの？　何かの霊？」

「うむ。——もしかすると、本当に百年前の『切り裂きジャック』が、誰かに取りついたのかもしれん」

「ええ？　だって、あれはイギリスのことでしょ」

「日本人が大勢ロンドンを訪ねている。その中に、たまたまジャックの墓を見つけた人間がいたとしたら……」

「ジャックの墓って——。正体は分からずじまいだったんでしょ」

「だから、偶然、その墓の上を通ったか、それともジャックのことを調べていて、何か手がかりを求めてそこへ辿《たど》りついたか……」

「もし、本当のジャックだったら——」

「もっともっと事件は続くだろうな」

と、クロロックは首を振って言うと、

「おい、どこへ行くのだ？」

やっと気がついて、こっそりその場から離れようとしていた三田が、ギクリとして足を止めた。

「仲間を見捨てて逃げるのか。情けない奴だ」

「うるせえ！」

三田は凄《すご》んでみせ、

「俺はな、こう見えても――」

「何だ？」

「走ると速いんだ！」

ダーッと駆け出す。

「確かに逃げ足は速いの」

と、クロロックは見送って、

「エリカ、腹ごなしに少し運動するか」

「うん」

ふたりが走り出した。ゴーッと風が唸《うな》りを立てる。

何しろ吸血族だ。人間とは足の速さも違うのである。

必死で逃げていた三田は、息切れして、足を止めると、

「もう……大丈夫だろう……」

と、振り返った。

「待っとったぞ」

前のほうで声がした。

クロロックとエリカがふたり揃《そろ》って三田の行く手をふさいでいる。
三田は、体中の力が抜けて、ヘナヘナと座り込んでしまった……。

転　落

かおりは不安だった。

いつもと、どこか違う。——そんな気がしてならない。

朝、クラスへ入ったときから、そうだった。いつもなら、何人もの子がワーッと寄ってきて、あれこれおしゃべりが始まるのだが、今朝に限っては、誰もやってこない。

いや、それどころか、何となくかおりを避けている感じさえあるのである。

おかしい、とかおりは首をかしげた。

ちょうど、廊下を通りかかるゆり子を見ると、かおりは駆けていって声をかけた。

「ゆり子」

「はい」

と、いつも通り、ゆり子がそばへやってくる。

「ね、何か聞いてない？」

「何ですか？」

「どうも妙なのよ、みんなの様子が」

「そうですか？　別に聞いてませんけど」

と、ゆり子は目をパチクリさせている。

「そう。――それならいいけど」

と、かおりは言って、

「弓子《ゆみこ》のことだけど――」

「あ、先生ですよ」

「昼にね」

かおりは、ゆり子の肩をポンと叩いて、教室へ戻った。

久保田《くぼた》が教室へ入ってきたので、みんなが少しざわつく。担任が休みなのだろうか。

「静かに」

と、久保田は言った。

「実は――突然のことだが、市原《いちはら》かおり君がお家の都合で学校を移ることになった。今日限りで、ここへは来ない。いろいろ、クラスのためにも力を尽くしてくれたし、みんなもよく知っているように……」

と、少し言葉を切って、

「市原君は大変人気があり、リーダー的な存在でもあった。その市原君を失うのは、とても残念だが、職員会議でも充分討議した結果、やむを得ないということになった。市原君には、他の高校でぜひ元気にやってほしいと願っている」

一斉に拍手が起こる。

かおりは愕然《がくぜん》としていた。

これだったのか！　噂《うわさ》が流れていたのに違いない。でも……。

「市原君」

と、久保田が言った。

「何かクラスのみんなに言うことは？」

——かおりには分かった。自分を見つめる久保田の冷ややかな目で。

これは要するに「退学勧告」なのだ。

「職員会議で充分討議した」ということは、もう最終決定ということだ。そして、みんなもそれを知っている……。

「市原君、何かないかね」

と、促されて、かおりは立ち上がった。

やったわね……。よくも！

久保田がわざわざやってきたということ。それは、何か素行上のことで退学になったということでもある。

かおりはやや青ざめて、教室の中を見回した。そして——誰ひとり、かおりにやさしい視線を向けていないことを知って、体が震えそうになった。

何てことだろう……。

確かに、自分は「ボス」で、恐れられていたのかもしれない。だが、みんなだって、何かといえばかおりに頼ってきたのも確かなのだ。

かおりも、それなりに先生たちにかけ合ってみたり、みんなの気持ちを代弁したりしたつもりだ。けれども——今のかおりを見る目は、どれもホッとし、嘲笑《ちょうしょう》していた。

「あの……」

と言いかけて、いったん言葉を切ると、

「——長いこと、みんなと過ごせて楽しかったです。みんな元気で……。いつかまた会いたいと思います。どうもありがとう」

と結んで、椅子にかける。

パラパラと拍手が起こった。

「——ご苦労さん。それから、生徒委員会の新しい委員長が決まった。二年生だが、まあ問題ないだろう。入江《いりえ》ゆり子君だ」

かおりは息を飲んだ。——ゆり子！

そして……分かった。どういうことなのか、分かったのである。

屋上は風が強かった。

ゆり子は、屋上に出ると、髪の乱れを気にして顔をしかめた。

見回すと、かおりが手すりに腕をのせて、遠くを眺めている。

「ご用ですか」

と、ゆり子が近寄って声をかける。

「――あんた、どうやって久保田を丸め込んだの?」

「え?」

「とぼけたってだめよ」

と、かおりはゆり子のほうを向いて、

「分かってるんだから。私を追い出して、後、自分の好きなようにするつもりね」

ゆり子は、ちょっとかおりを見つめてから、声を上げて笑った。

「何がおかしいの」

と、かおりがにらむ。

「強がってもだめよ、もう退学になったんだから。ここはあんたの学校じゃないのよ」

「何ですって……」

「あんまりやばいことに手を出すからよ。ここのボスで満足しときゃよかったのに」

「ゆり子、あんた……」

「恩を売る気？　世話にもなったかもしれないけどね、こっちはそれ以上にやってあげたわ」

「そう」

「そうよ。――ね、言っとくけど、この校舎の屋上に上がるのは、校則違反よ」

かおりはちょっと笑って、

「私はもうここの生徒じゃないんだよ。それこそ、あんたはどうなのよ？」

「私？　私は委員長だもの。何とでも理由はつけられる」

ゆり子はニヤリと笑って、

「後はちゃんと引き受けるから、ご心配なく」

「ありがとう」

「どういたしまして」

「じゃあ……握手して別れよう」

サッと手を出されて、ゆり子も考える間もなくその手をつかんでいた。

かおりは、ゆり子をバッと力をこめて引っ張ると、手すりの向こう側へ突き落とそうとした。

「キャーッ！」

ゆり子が叫んで、必死で手すりにしがみつく。

「何するの！　人殺し！」

「あんたなんかの好きにさせるもんか！　ここから落ちて死にゃいいのよ！」

突き落とそうとするかおりと、必死に落とされまいとするゆり子が激しくもみ合っているのを、離れて眺めている男がいた。

「先生！」

屋上へ駆け上がってきたのは、弓子だった。かおりとゆり子を見ると、息を飲んで、

「あのふたりを――。やめさせて！」

「放っとけ」

と、久保田が言った。

「先生――」

「どっちが死んでも、社会にとってはいいことだ」

「そんな……」

「何だ、京田《きょうだ》。お前はあのふたりが憎いんだろう」

と、久保田は訊《き》いた。

「ええ、嫌いです。憎んでるかもしれない。でも、だからって死んじゃえばいい、ってわけじゃありません」

「分からんな。お前が気にすることじゃないだろう」

「でも——ともかくやめさせて」

しかし、久保田はじっと、もみ合うふたりを眺めていて動かない。

と、突然弓子は、もつれ合うふたりのほうへと駆け出した。

「やめて！　やめてください！」

と叫んで、飛びつく。

「人殺しまでして、どうするんですか！　やめて！」

思いがけない人間が止めに入ったことで、かおりもゆり子も、当惑して争うのをやめてしまった。

「邪魔するな！」

と、苛立《いらだ》ったように怒鳴る久保田の声を聞いて、弓子は愕然とした。

あ、あの声だ！　頭の中に響いていている声……。

「先生！」

「放っとけばいいんだ。そんな奴らは殺し合いをさせときゃいいんだ」

久保田は激しい口調で言った。

「——そうか」

と、久保田の背後で声がした。

「クロロックさん」

と、弓子が言った。

「いつ、どうやってあんたに取りついたのか知らんが、もしお前が本当の『切り裂きジャック』なら、立ち去れ！」

と、クロロックはじわじわと久保田へ迫っていった。

「時代が違うのだ。罪にも事情がある。どれもこれも、死に値《あたい》すると決めつけることは、もう許されないのだ」

と、クロロックは言った。

「罪は罪だ。汚《けが》れたものが清らかなものを侵《おか》してしまう前に、取り除くのだ」

と、久保田が言った。

「もう諦《あきら》めろ。――いずれにしろ、その教師の体から出ていけ！」

と、クロロックが叫ぶ。

と、久保田はパッと身を翻《ひるがえ》して、屋上の手すりを飛び越えると、

「アッ！」

と、弓子の叫ぶのと同時に、その向こうへ姿を消してしまった。

「いかん！」

クロロックは手すりに駆け寄ったが――。

下では、エリカが手を振っていた。

「エリカ！　大丈夫か！」

「何とかね！」

と、エリカが答えた。

「何とか受け止めたけど……」

クロロックはやはり手すりをのり越えると、身を躍《おど》らせた。

「キャーッ！」

と、三人が一斉に叫ぶ。

——が、もちろんクロロックはちゃんと着地する能力を持っているのである。

「くたびれた」

と、エリカが汗をかいている。

落ちてくる久保田を、エネルギーの放射で受け止め、勢いを弱めてやったのだが、久保田はもちろん気を失っていた。

「うむ……」

クロロックはかがみ込んで、

「出ていったな。見なかったか」

「そんな余裕なかった」

「そうか」

「じゃ……」

「『ジャック』かどうか……。いずれにせよ、この男に取りついていたものは去った。しかし、たぶん新しい〈宿主〉を捜して取りつくだろう」

「じゃ、捜しようがないの？」

「たぶんな」

クロロックは、首を振って、

「さ、この先生のけがの手当てだ」

と、久保田をかつぎ上げた。

弓子を先頭に、ゆり子とかおりも階段を駆け下りてやってくる。——久保田もクロロックも死んでいないと知って、呆気《あっけ》にとられている。

「世の中にはね、ふしぎなことがいくらでもあるのよ」

と、エリカが言った。

「その前でケンカしてるなんて、つまらないと思わない？」

ゆり子とかおりは顔を見合わせて、何となくきまり悪そうに目を伏せた。

「弓子さん、もう大丈夫よ」

「はい！」

エリカに肩を叩かれて、弓子は明るく答えた。
その表情は、弓子自身長く忘れていた明るさに、輝くようだった……。

吸血鬼の優雅な休暇

特別休暇

「うむ……」

と、フォン・クロロック社長は腕を組んで考え込んだ。

「困ったもんだな」

やや重苦しい沈黙が社長のデスクの周りを支配した。

もっとも、少し離れた辺りでは、忙しく電話をかけている社員もいて、

「こちらクロロック商会でございます。——いつもお世話になっております！」

なんてやっていたのであるが。

何しろ〈クロロック商会〉は小さな会社だ。それに、社長のクロロックにしたところで、オーナーというわけではない。「雇われ社長」である。

クロロックの本職（？）がヨーロッパ伝来の「本家吸血鬼」であることは、どなたもご存知であろう。

で、社長であるからには、当然いろいろと頭を悩ますこともあるわけで……。今、ク

ロロックが考え込んでいるのは、決していつものように、

「こづかいが足りない！」

といったことではなかった。

ま、足りなくて困っているのは事実だったが、そんなグチを社長が会社でこぼすわけにはいかない。

「すると、もう四日も出てきていないのか」

と、クロロックは言った。

「はい」

と、クロロックのデスクの前に立っていた女子社員が深刻な顔つきで肯《うなず》いた。

「三宅《みやけ》課長は、このところオーバーワーク気味で疲れておられたんです。そばで見ていてもよく分かりますので」

「そうか。——それじゃ、君はどうしたらいいと思うかね？」

と、クロロックは訊《き》いた。

そう。——いちおう社長として、クロロックは社員の「健康状態」にも気を配らなくてはならないのである。

クロロックに訊かれた北原有果《きたはらゆか》は、

「はい、きっと軽いノイローゼじゃないかと思うんです。少しまとまったお休みを取っ

て、のんびりしたら、また元気になられると思うんですけど」

と言った。

北原有果は二十七歳。女子社員としては、もう結構ベテランで、しっかり仕事もこなしている。いささか旧式な事務服もよく似合っていた。

「そうか！　――うん、やはりいつもそばにいる人間が一番よく分かってるだろうな」

と、クロロックは肯いて、

「よろしい！　業務命令で一週間休みを取らせよう。北原君、君悪いが三宅君にそう伝えてくれたまえ」

「はい」

と、北原有果は言って、

「ただ……あの……」

「何だね？」

「実は――私も明日から一週間お休みをいただくことになっているんですが。課長とふたりでいなくなってしまっても、よろしいんでしょうか」

「君も？　そうだったかね」

「はい。ちゃんと社長の承認もいただいております」

「それなら、ちゃんと休みたまえ。何も遠慮することはない！　後のことは心配しなくていい。何とかなるさ、ハハハ」

と、クロロックは笑って言った。

「ありがとうございます」

と、北原有果は頭を下げて、

「では、明日から休ませていただきますので！」

「うん。ゆっくりしてきたまえ」

と、クロロックは悠然と構えていたものの——。

実のところ、クロロックも内心、「まずい！」と思っていたのだ。

というのも……。

北原有果が自分の席へ戻っていくと、クロロックのデスクの電話が鳴った。

「——はい、クロロック」

「あなた？　今夜は早く帰れるわよね」

と、若き妻、涼子《りょうこ》の声。

「ああ……。たぶんな」

「たぶん、じゃだめ！　ちゃんと帰ってきてよね。明日は早く出るから、今日のうちに荷物を詰めちゃわないといけないんだから。分かってるでしょ？」

「うん、そりゃ、分かっとる。よく分かっとるぞ」

「じゃあ、早く帰ってね。夕ご飯、あなたが帰るまで待ってるから」

「うむ……」

「エリカさんも、今日は早いって、さっき電話があったわ」

「そうか。虎《とら》ちゃんは元気か？」

「元気の塊《かたまり》みたいにね」

と、涼子は言った。

「じゃ、待ってるわよ」

「うん……」

涼子はさっさと電話を切ってしまった。

クロロックはため息をついて、受話器を戻した。そして、みんなが忙しそうに働いているオフィスの中を見回す。

——そうなのだ。実はクロロックも、妻子を連れて明日から山の湖へ一週間旅行することになっているが、遠慮がちなクロロック、まだ誰にもそのことを言っていない。クロロックは社長なのだから、何も遠慮しなくたっていいと思うのだが、そこがクロロックらしいところ。

社員がせっせと働いているのに、ひとりで遊びに行くのは、どうも気がひけるのだ。ひとりで？　——いや、ひとりじゃない！

そうか。課長の三宅も、北原有果も休みを取るのだ。それなら社長たるクロロックが休んでいけないってことはあるまい。

そう考えて、やっとクロロックは安心すると、部下のひとりを手招きしたのだった。

湖畔のコテージ

エリカは眠っていた。

――吸血鬼の父と人間の母との間に生まれた神代《かみしろ》エリカ、昼でも夜でも眠れるという得な(?)体質を持っている。

しかし、最近は父クロロックも、人間並みに夜眠ることが多くなってきた。

夜グーグー眠って、朝から出勤していく吸血鬼なんて、祖先が見たら嘆《なげ》くかもしれないが、まあこれも時代というものだろう。

ガクン、と車が揺れて、エリカは目を開いた。

「――どこ?」

と、目をこする。

「もうじきよ」

ワゴン車のハンドルを握っているのは、大学の親友、大月千代子《おおつきちよこ》。――もうひとりの「仲間」橋口《はしぐち》みどりも当然……。座席でポリポリとスナック菓子をかじっているのである。

「夕方、日の落ちる前に着きたいもんね」

と、みどりが言った。

「何しろ、千代子、山道は慣れてないんでしょ、あんまり」

「慣れてないなんて――」

と、千代子が訂正して、

「初めてよ」

明るいうちに着きたい、とやはりみんな思ったのだった。

今、クロロック一家と、千代子、みどりを乗せたワゴン車は、くねくねと左右へ曲がりながら山道を辿《たど》っていった。

初めてとはいえ、几帳面《きちょうめん》な千代子の運転はなかなか慎重で、確実だった。

「向こうに着いたら、夕ご飯？」

相変わらず食べることが優先しているのは、みどりである。

「ワア」

と、しっかり両手を上げて賛成の意志を表しているのが、小さなエリカの弟、虎ノ介《とらのすけ》だ。

「お父さん、ちゃんと休めて良かったね」

と、エリカが言った。

「休まなきゃ怖いもん。ねえ？」

と、涼子《りようこ》が澄まして言う。

「いや……。まあ、仕事上まったく問題がなかったわけじゃないぞ。しかし、私は家族のことをまず第一に——」

「大丈夫なの？　ちゃんと会社の人に言ってきた？」

エリカは、父の性格をよく分かっている。

「もちろんだ。手紙を預けてきた」

「手紙？」

「中は？」

「うむ。今日、朝九時になって、私が出社しなかったら開けろ、と言ってある」

「一週間休むからよろしく頼む、と書いてきた。意外性があって良かろう」

「あのね……。ミステリーじゃないんだから！」

と、エリカは呆《あき》れて言った。

「一言、『明日から休む』って言えばいいことじゃないの」

「そりゃまあ……。しかし、非難の目が怖いしな」

「それ、私の目のこと？」

と、涼子がジロッと夫をにらむ。

「違う！　そんなことは言わんぞ」

クロロックはあわてて否定した。

「湖が見えた」

と、千代子が言った。

「ひと休みする？」

「そうね」

と、エリカが肯《うなず》く。

車は、道のわきに作られた休憩所に入って、停まった。

山間《やまあい》の道が急に開けて、視界が広くなる。眼下、数十メートルの所に湖が青空を映して広がっている。

みんな、車を出て、体を伸ばした。——やはり車の中に何時間もじっとしているのは疲れる。

エリカは、手すりの所まで行って、穏やかな湖面を見下ろしたが……。

何か奇妙なめまいのような感覚が、エリカを捉《とら》えた。山に囲まれた湖。どこといって、珍しい風景ではない。

そして湖の向こう側には、エリカたちが泊まるのと同じコテージが並んでいるのも見える。

何も変わったことはない。何も……。

フラッとエリカがよろける。

クロロックのがっしりした手が、エリカの肩をギュッとつかんで引き戻した。エリカはハッとして、

「――お父さん」

「引き込まれるところだったぞ」

クロロックは厳しい表情で言った。

「ごめん。――ついボーッとしてて」

エリカとクロロックは小声で話していた。

「何か感じる？」

「うむ。――視界が開けたとたん、寒けがしたぞ。どうやらこの湖の中には何かがあるらしい」

「こんな平和な湖に？」

と、思わずエリカは訊《き》いた。

「見かけだけでは、分からん。何ごともそうだ」

「お父さんたち夫婦もね」

「うむ、私ら夫婦も——。こら！　我々は心から愛し合っとるぞ」

と自分で言って赤くなっている。

「そんなことより、この湖……。大丈夫？　どこか他へ行く？」

「いや、そうもいかん。それに感じているのは私らだけだ」

「何か住《す》んでるのかしら？　ネッシーみたいなもんが」

「分からん。——おい、エリカ。どこかでこの湖に関する言い伝えのようなものを調べてみてくれ」

「分かったわ」

と、エリカが肯く。

「少なくとも、この湖にボートでこぎ出す気はせんの」

クロロックは、静かな湖面を見下ろして、そっと首を振ったのだった……。

「ええと……5番のコテージ」

車がゆっくりと走っていく。エリカはコテージについた番号を眺めて、

「あ、これだ！」

と声を上げた。

「じゃ、車を停めるよ。荷物、下ろして」

と千代子が少しを車をバックさせる。

「――はい、降りて！」

一斉に車を出てバッグやスーツケースを下ろす。

「――へえ、結構すてき」

と、涼子は、いちおう気に入った様子で、

「ま、中を見なきゃ分かんないけどね」

「お父さん、鍵《かぎ》は？」

「おお、ここにある。開けてくれ」

「はいはい。――みどり！　荷物少し持ってきて」

「食べてないと、力が出ない」

ブツブツ言いつつ、みどりは両手にバッグをさげてきた。

エリカがドアを開けて、先に中へ入る。

「――雨戸を開けよう」

窓を開け、外側の雨戸を大きく開け放つと、暗かったコテージの中が一度に明るくなる。

目の前に、湖が広がっていて、一瞬エリカはドキッとしたが、さっき感じたような不気味なものはもう感じられなかった。

どういうことだろう？　こんなにすぐ近くへやってきたのだ。怪《あや》しい力があるのなら、もっと強烈に感じてもいいはずだが……。

「エリカさん」

と、虎ちゃんを抱いた涼子が上がってきて、

「虎ちゃんの荷物、入れてくれる？」

「うん」

エリカは外へ出た。

クロロックは、ガレージの戸を持ち上げている。

——重そうな戸である。

「錆《さ》びついておる」

とクロロックは言った。

「これは普通の人間の力では手に負えんだろうな」

「管理の問題かしら」

「かもしれん。しかし、それにしては錆《さび》がひどいような気がする」

と、クロロックは首をかしげた。

「車、入れるよ！」

ワゴン車をバックさせてきた千代子が、窓から頭を出して叫んだ。

クロロックとエリカは、わきへ退《しりぞ》いて見ていたが——。

「やあ、こりゃ……とてもだめだ」

という声。

振り向くと、隣のコテージで、やはりガレージの戸が錆びついているらしく、男性が苦労している。

「外に出しとく?」

と、女性が車のそばで言った。

「いや……。しかしなあ……」

「お父さん、ちょっと手伝ってあげたら?」

と、エリカは言った。

「うむ……」

クロロックは振り向いて、

「力を貸しましょうかな」

と呼びかけた。

「あ、どうも。しかし、こいつは——」

と、その男が言葉を切った。

「——社長!」

と言ったのは女性のほうだった。

クロロックも目を丸くして、

「三宅《みやけ》課長じゃないか。それに——北原《きたはら》君？」

三宅と北原有果《ゆか》。——ふたりとも真っ青になって、その場に立ち尽くしていた。

すてきな管理人

「まあ！　それじゃ――」

と、涼子《りょうこ》が目をつり上げて、

「おふたりは五輪の仲なんですね！」

クロロックとエリカは顔を見合わせた。

「お母さん、ふたりともオリンピックには出てないと思うわよ」

と、エリカは言った。

「もしかして『不倫』の間違いじゃない？」

「分かってるわよ、そんなこと。私を馬鹿にしてるのね？　あなた！　エリカさんが私をいじめるのよ！」

どうも、涼子はエリカとクロロックを奪い合っているようなところがある。

「ま、落ちつけ」

と、クロロックがやさしく妻の肩を抱いてやって、

「私はお前の味方だぞ」

まったく、もう……。エリカとしても、カチンとくるが、父のことを考えると、ここは自分が我慢するしかない。

「それはともかく」

クロロックは、目の前でシュンとしょげている三宅《みやけ》と北原有果《きたはらゆか》のほうへ向くと、

「君らがこういうことになっとるとは知らなかったぞ」

「はあ……」

三宅が、汗を拭《ふ》いている。涼し過ぎるくらいなのだが、妻子持ちの身としては、やはり「まずい！」とは思っているらしい。

ふたりは、5番のコテージの中へ入って、居間で事情を訊《き》かれることになったのである。

千代子《ちよこ》やみどりは、エリカが手伝わないのでブツクサ言いつつ、コテージの台所を片づけていた。何しろ、みどりとしてはまず料理を作れる状態にすることが第一なのである。

「――課長さんを責めないでください」

と、北原有果が思い切ったように言った。

「いけないのは私です。課長に奥様もお子さんもいらっしゃるのを知っていて……」

「ま、大人同士のことだ。干渉《かんしょう》したくはないが、いくら何でも隣同士ということになると、黙って見ないふり、ともいかん」

クロロックはため息をついた。

「おい、エリカ。何かいい手はないか。このふたりをどうしよう？」

涼子は当然「浮気などもっての外《ほか》！」という立場で、

「ふたりを縛《しば》って湖へ沈めましょう」

と言いだしたので、三宅と有果は真っ青になって手を取り合った。

「お母さん。マフィアの私刑《リンチ》じゃないのよ。――じゃ、こうしましょ。おふたりに帰れとも言えない。でも、ふたりきりにしてあげるわけにも、父の立場上できないわ。分かってるでしょ？」

「はあ」

と、三宅は肯《うなず》いた。

「だから、北原さん――でしたっけ。彼女のほうはうちのコテージに泊まってもらう。三宅さんは夜はひとりで眠っていただくことになりますね」

「はあ」

「昼間は、私たちとご一緒に。そうすればふたりきりになることもないでしょうし、この近くの見物もできます」

「それがいいな。——分かったか?」

「はい」

北原有果は、神妙な様子で、

「いろいろご迷惑かけてすみません」

「しかしな……。うまく一緒に休みを取ったもんだ」

と、クロロックが苦笑した。

「悪いことはできませんね」

と、有果が微笑んで、

「課長さん。車の中の私の荷物を」

「うん。——じゃ、出してこよう」

と、三宅が立ち上がる。

「行きますわ、私も」

ふたりが出ていくと、

「あなた」

と、涼子がクロロックをにらんで、

「あなたも同じようなことをしてるんじゃないでしょうね」

「涼子……」

「だけどさ」

　と、エリカが割って入って、

「女の人のほうがきっぱりしてて立派だったね。男をかばったりして。男の人が、『いや、悪いのは僕のほうです』って言うかと思ったのに」

「エリカさん。男なんて、そんなもんよ。男に期待しちゃだめ。裏切られるだけよ。うちだって、最近めっきり冷たくなってきて――」

「おい、涼子」

「どうぞその続きはおふたりでごゆっくり」

　と、エリカは立ち上がって、居間を出た。

「あ、エリカ。もうすんだの、裁判は？」

　と、千代子がやってきて言う。

「まあね。あの北原有果さんって女の人がここへ泊まるわ」

「そう。部屋は充分あるものね」

「このコテージが一番大きいのかしら？　――あ、誰か来た」

　玄関のチャイムが鳴る。エリカが出てみると、

「こんにちは。ええと……クロ……」

「クロロックの家族です」

「そうですか。——僕はここのコテージ全体の管理を任されてる佐田《さた》です。佐田良一《りょういち》」

ジャンパー姿でファイルを抱えたその若者は、まだどう見ても二十二、三歳というところ。しかもスタイルが良く、顔立ちもきりっと引き締まって二枚目——とくれば、

「私、橋口《はしぐち》みどりです！」

「大月《おおつき》千代子！」

玄関に出てきたふたりの自己紹介にも力が入ろうというものである。

「私はクロロックの娘でエリカ。神代《かみしろ》エリカです」

「全部で何人ですか？　いちおう、メモしておきたいので」

と、佐田良一がボールペンを手にする。

エリカは、ひとりふえることになった、と説明し、

「だから、父ひとり。妻と——あと息子。赤ちゃんだけど。後はこの三人と、プラスひとり」

「大勢ですね」

と、佐田はメモを取って、

「でも、ここは一番大きなタイプですから。——電球の切れてるのとか、あったら言ってください」

「ありがとう。どこへ連絡すれば？」

「これに書いてあります。管理事務所の地図ものってますから。歩くと三十分くらいかかるかな。車ならすぐですよ」

と、チラシを渡し、

「じゃ、何かあれば。——いいお休みを」

「ありがとう」

と、エリカたち三人娘総出でお見送り。

佐田はジープでコテージの間を回っているらしい。今度は隣の三宅の借りたコテージへ寄ろうとしたらしいが……。

「——ひどいわ」

と、北原有果が顔をしかめてやってきた。

ボストンバッグをさげている。

「どうしたんですか?」

エリカは、そのボストンバッグから水が滴《したた》り落ちているのを見て、目を丸くした。

「車から出してみたら、びしょ濡れになってたんです。中身もずぶ濡れ!」

「やあ、そりゃひどい」

と、佐田が寄ってきて言った。

「この辺、バイクでやってきて何かものを盗《と》ったりしてく連中がいるんです。きっとそいつらのいたずらですよ」

「でも、車はちゃんとロックしてあったんです」

「簡単に開けちまいますよ。何か盗られたものはありませんか？」

「さあ……。三宅さん、どう？」

「何も盗られてないと思うけどね」

と、三宅は言った。

「じゃ、盗るものがなくて、その腹いせかもしれませんね」

と、佐田は言って、メモを取った。

そして、北原有果に事務所のチラシを渡すと、

「何かご用があれば何でも言ってください」

と会釈《えしやく》して、ジープで行ってしまう。

「――ねえ」

と、みどりがそっとエリカのほうへ言った。

「何よ」

「あの二枚目さん、北原さんって女性にいやに親切だったと思わない？」

「そんなこと知らないわよ」

「絶対そうよ。気があるのよ」

と、みどりは気に入らない様子。

「ちょっときれいだからって。男って、見る目がないのね」

エリカには、他に気になることがあった。三宅と北原有果の乗ってきた車の中を覗《のぞ》く。

「そのバッグ、どこに置いてあったんですか?」

「後ろの座席の足もとに。下が濡れてるでしょう?」

エリカはドアを開けて肯く。

しかし、誰かがいたずらでやったとしても、車の中全体に水をかけるというのならともかく、ひとつのバッグだけ、それも中身まで、というのは奇妙だ。

それに、エリカにはその「匂《にお》い」が気になっていた。

「すみません。ちょっとそのバッグを」

と、北原有果のバッグを受け取ると、鼻を近づける。

「何か……」

「水道水じゃありませんね」

と、エリカは言って、バッグを返した。

「いったん洗って乾かさないと着られませんね」

「ええ、何だか気持ち悪いですもの。——今夜までに乾くかしら」

「女ばっかり、こんな大勢いるんですもの。何かお貸ししますわ、乾かないときは」

「どうも……。ご親切に」

と、有果は微笑んで、

「社長の……お嬢様ですよね」

「ええ」

「いつも社長がおっしゃってます。『私よりよほど頼りになるんだ』と」

「喜んでいいんだか」

と、エリカは笑って言った。

コテージへ戻ると、みどりが先頭に立って、夕食の仕度が始まっている。

「私も、お世話になるんですから」

と、北原有果も急いで手を洗ってくると、台所に立つ。

さすが、年齢というものもあるのだろう、その姿は一番さまになっていた。

「——エリカ」

と、クロロックがそっと手招きしている。

「お父さん。あのバッグの匂い、分かった？」

「うむ？　ああ、もちろんだ。あれはここの湖の水で濡れたのだな」

「やっぱりね。——でも、バッグを持ち出してわざわざ湖に浸《ひた》して戻しておくなんて、そんな面倒なこと、する？」

「うむ。確かに妙だ。よく気をつけていよう。それでな、エリカ。涼子の奴がどうしてもお前に頼んでくれと……」

「お母さんが？　何を？」

「今夜、虎ちゃんをお前の所で寝かしてやってくれと言うんだ。今夜だけだ。な、頼む」

父に両手を合わせて頼まれてしまっては、いやとも言えない。

「いいけど……高いよ！」

と、エリカは言ってやったのだった。


「あれ？」

佐田良一はブレーキを踏んだ。

ジープを少しバックさせて、だいぶ古くなった小さなコテージの前に停める。ファイルを開けて、中の紙をめくっていくと、

「——何かご用？」

と声がして、びっくりした。

やせて青白い顔の女性が——でも、凄《すご》い美人だ、と佐田は思った——ジープの斜め後ろに立っていた。

「あの……管理事務所の者なんです。この辺のコテージ全体の」

ピョンと身軽にジープから降りると、

「このコテージにいらっしゃるんですか？」

「ええ、そうよ」

と、女は肯いた。

「変だな……。こちらの記録だと、このコテージはもう使われていないことになってるんですが」

「そう。でも、借りているのよ、確かに」

「ええ、そうでしょうね」

直接この女に訊くより、東京の本社のほうへ訊いてみよう、と佐田は思った。

「すみませんが、お名前を」

と、ボールペンを出す。

「金井《かない》。——金井直子《なおこ》です」

と、女は言った。

「いつからここへ？」

「今日よ。たぶん、しばらくいることになると思うけど」

と、女は言った。

「分かりました。——電気のヒューズとか、ガスの栓とか、大丈夫ですか？」

「ええ、ちゃんとしてあるわ」

金井直子は微笑んで、

「ご覧になる？」

「よければ。しばらく使ってなかったので、いちおう点検したいんです」

「そう……。ただ、今は個人的な荷物がいっぱいあるの。——あなた、管理事務所にお
ひとりでいらっしゃるの？」

「ええ」

「じゃ、もう夕方だし、よろしければ夕食をいかが？　二時間ほどしたら、おいでにな
って」

「でも……」

「ごちそうするわ。私もひとりで食べるより楽しいし」

「はあ」

佐田は迷ったが、点検の「ついでに」食事していくぐらい、構わないだろう、と思っ
た。事務所は六時までだし、その後の連絡はポケットベルが呼び出してくれる。

「分かりました。じゃ、伺《うかが》います」

「お待ちしてるわ」

金井直子の笑みは、なぜか佐田をゾクゾクさせた。魅力的ではあるが、どこかそれ以

上の凄みを感じさせたのだ。

「じゃ、これで――」

「お名前は？」

「あ――。佐田です。佐田良一」

「佐田さん……ね」

金井直子の顔に、何か不思議な表情が浮かんだ。

「じゃ、楽しみにしてるわ」

佐田は、金井直子がその古いコテージの中へ消えるのを見送って、ふと夢から覚めたような気分で辺りを見回した。もう日が落ちかかっている。

佐田はジープに乗ると、管理事務所へ戻ろうと林の中の道を走らせていった。

水の夜

足音に、エリカは振り向いた。

「あ、北原《きたはら》さん」

「あら」

パジャマの上にカーディガンをはおった北原有果《ゆか》が台所へ入ってくる。

「喉《のど》がかわいて」

「私もです」

と、エリカは笑って、牛乳を飲んだ。

吸血鬼が牛乳じゃ迫力ないが、仕方ない。

「ちょっと焼肉が辛《から》すぎましたね。みどりの好みだから」

「辛いもの食べるとやせるような気がするんですね。私も若いころやったから分かるんだけど」

と、有果が笑う。

有果はジュースをグラスへ入れて飲んだ。

――エリカは、都会では考えられないような静けさの中で、何となくホッとした気分だった。

やはり、中央ヨーロッパのトランシルヴァニア地方からやってきた父クロロックの血を受け継いでいるせいだろうか。

有果が黙りがちになっているのを見て、

「北原さん」

と、エリカは言った。

「隣のコテージへ行きたいのなら、行ってもいいですよ」

「え?」

「もし、行くのなら――私、起きてて待っててあげます。玄関の鍵《かぎ》、あけなきゃ入れなくなるでしょ。あけっ放しにしておくわけにもいかないし」

「エリカさん――」

と言いかけて、有果は首を振ると、

「いいえ。私は行きません。行きたい気持ちはあります、確かに。でも、行くべきじゃないんです」

半ば自分に向かって言い聞かせているような言い方。

「やめたほうがいい、と思ってるんですね」

「ええ……。少し前から考えてました。三宅《みやけ》さんは、悪い人じゃありませんけど、本気で私を愛してくれてはいません。奥さんとの間がぎくしゃくしてるのはだいぶ前からで、あの人にとって私は気晴らしみたいなものなんです」

「そう分かっていて……」

「分かっていても――。誘われると、こうしてついてくるんですもの、しょうがないですよね」

と、有果はちょっと笑った。

「でも、やっぱり三宅さんのことが好きなんでしょ」

「好き……。そうですね。好き、って気持ちにもいろいろあるってこと。――最近、そういうことが分かってきたんです。自分を悲劇のヒロインに仕立てて泣くために人を好きになるのと、好きでいることが毎日を充実させてくれる『好き』って感情と……。同じじゃありません。三宅さんとは、このまま続けても何にもならない、ってこと――。結婚できないとか、そういう意味じゃなくて、これが自分を人間として豊かにしてくれない恋だってことを、つくづく考えるんです」

有果はちょっと笑って、

「ごめんなさい。大学生のエリカさんに、夢のないことばっかり言ってしまって」

「いいえ。今後の参考にします」

とエリカは首を振って言った。

「じゃあ……。おやすみなさい。もうやすみます」

「おやすみなさい」

と、エリカは言った。

有果が台所を出ていく。

エリカは使ったコップを洗って、水切り棚の上に伏せて置くと、自分も台所を出ようとした。

パッと振り返る。――何かを感じた。

音もなく、何か目に見えない波のようなものが、ひたひたと寄せてくる感じだ。

エリカは、あの山道の休憩所で覚えためまいのような感覚を、また味わった。

何だろう、これは？

しかし――不意にそれはどこかへ行ってしまった。後には、静かな台所があるばかりだ……。

気のせいか？　それとも……。

エリカは、少し足早に階段を上って、二階の寝室へ入った。虎《とら》ちゃんは変わりなくスヤスヤ眠っている。

ホッとして、エリカはベッドへ潜り込んだ。――虎ちゃんが、眠りながらかみついてきたりしないように、と祈りながら。

やっぱりあれは辛すぎたな。

――三宅は、喉がかわいてベッドから出ると、台所へ行って水を飲んだ。

エリカたちのコテージと違って、ここの冷蔵庫には牛乳やジュースは入っていないのである。

「――有果」

と、三宅は呟《つぶや》いた。

夕食を隣のコテージでクロロックたちと一緒に食べたとき、三宅はほんの一瞬のチャンスを捕らえて、

「夜、こっそり来てくれよ」

と言ったのである。

しかし、有果の返事を聞く余裕はなかった。三宅は、たぶん無理だろうな、と思いつつ、それでも「もしかしたら」という気持ちで起きていた。

待ちくたびれて眠ってしまったのが、たぶん夜中の一時か……。

ふと、喉のかわきに目を覚まして、今はもう午前三時に近い。そのうち、夜が明けて

きてしまうだろう。

三宅は欠伸《あくび》をした。――もう少し寝ないと、朝になったらいやでも目が覚めてしまいそうである。明日はこの近くをドライブするということになっていて――クロロック社長の言葉である。従わないわけにもいかない。

「やれやれ……」

有果とのんびりできると思っていたのに、こんなことになるとは……。うまくいかないもんだ。

三宅は寝室に戻って、ベッドへ潜り込んだ。――山の中で、結構冷える。何だか、急に寒くなってきたような気もした。

有果とも、もう終わりだろうか。

クロロックとここで出くわさなかったとしても、遠からず北原有果との間は終わっていたかもしれない。――妻も怪《あや》しみ始めていたし、特に今度の旅行をうまくごまかして出てくるのは大変だったのである。

いつまでも、こんなことを続けてはいられない。――それは三宅にもよく分かっていた。しかし、有果は魅力的だったし、向こうが黙ってついてきてくれる間は、三宅としても文句はない。

パシャ。――パシャ。

何だ？　三宅はウトウトしかけていて、その音が本当に聞こえているのかどうか、はっきりは分からなかった。

起きて確かめるのも、面倒だ。湖の波の音が、辺りが静かなのでよく聞こえるのだろう。

——有果。明日はきっと……。何とかうまく社長の目をごまかしてやろう。

そうだ。ふたりしてどこかまったく別の所へ行けばいい。このコテージの代金は払ってしまっていて、もったいないけれど、何日もずっと社長たちと一緒じゃたまらない。

そうだ……。車があるんだし、うまく目を盗んで逃げ出すくらいのことは——。

有果……。

ほとんど眠りに入りかけていた三宅は、突然足にバシャッとかかった水の冷たさに飛び起きた。

「ワッ！」

あわてて、手探りでナイトスタンドを点《つ》ける。

雨洩《あまも》りか？　それとも——。

三宅は、薄明かりの中に見た光景を、信じられなかった。

寝室の中が水びたしだ。いや、水びたし、なんてものじゃない！

水が部屋をいっぱいに満たして、ベッドの高さにまで来ているのである。

「おい！　冗談じゃないぜ！」

あわてて電話へ手を伸ばしたが――。テーブルごと、水に浮かんで、部屋の向こうへ流れていってしまっている。

畜生！　どうしたっていうんだ？

水位は、どんどん高くなっている。ベッドが浮かんで、ぐらぐら揺れた。バランスを取ろうとして、三宅は水の中へ落っこちてしまったのだ。

体が凍りつくほど冷たい。――何とか、水の中をドアのほうへと進んでいった。

これは、きっとコテージが湖へ沈みかけているのだ、と三宅は思った。でなきゃ、台風でもないのにこんな浸水は考えられない。早く逃げ出さなきゃ！

ドアを開けようとして、三宅は愕然《がくぜん》とした。――びくともしない！

「おい！　開けてくれ！」

と、力いっぱいドアを叩き、叫んだが、とても素手では開けられないだろう。

水位ははっきり分かるほどの勢いで上がってきている。三宅の腰の辺りまで、小さくパシャパシャと波打ちながら上がっていた。

「どうなってるんだ！　――畜生！」

必死でドアを開けようとする。しかし、まるで壁と一枚の板ででもあるかのように、ドアはまったく動かなかった。

「窓……。窓だ！」

水の中を歩くのは、冷たさで足がしびれているので楽ではなかった。しかし、何とか窓へ辿《たど》り着いた。

カーテンを開け、止め金を外すと、窓を開けた。

そのとたん、窓をいっぱいにふさいでいた水の壁がドッと部屋へなだれ込んできて、三宅はその勢いに完全に巻き込まれてしまった。

水を飲み、むせ返りつつ、やっとの思いで立ったが、もう水は胸から肩の高さへ達しようとしていた。

「誰か……。助けてくれ！」

と、三宅は悲鳴を上げた。

急激に水は増えた。ぐんぐん水位は上がり、三宅の頭の上になる。三宅は、床をけって水面から顔を出し、立ち泳ぎで何とか息をした。

どうなってるんだ！

水が増えるにつれ、三宅の体も持ち上げられる。ゴツン、と頭が天井へぶつかった。

天井へ？　水が天井まで来たら……。溺《おぼ》れてしまう！

「助けて……くれ……」

言い終わるのがやっとだった。天井にまで達した水が三宅を完全に飲み込んだ。もがき、喘《あえ》いでいた三宅は、やがて力を失い、水の中を漂い始めたのだ……。

奇妙な死

「何だ、ひとり足りんぞ」

と、クロロックが朝食のテーブルを見渡して、ひとつ席が空《あ》いているのを見て言った。

「課長さんですわ」

と、有果《ゆか》が言って立ち上がった。

「きっとまだ眠ってらっしゃるんですわ。私、起こしてきます」

「私も一緒に。外の空気が吸いたいわ」

と、エリカも一緒に行くことになって、ふたりはコテージを出た。

空気が、びっくりするほど冷たくて爽《さわ》やかである。

「気持ちいいなあ」

と、エリカは言った。

「本当。——何だか、都会で時間に追われていると忘れてしまうものを、ここへ来ると思い出しそうですね」

有果は、青空を見上げて、まぶしげに目を細めた。

――三宅《みやけ》がひとりで泊まっているコテージの玄関で、何度かチャイムを鳴らし、ドアを叩いたが、いっこうに返事はなかった。

「――おかしいわ」

と、有果が首をかしげる。

「いくらぐっすり眠ってるにしても、これだけ叩けば起きますよ。中へ入ってみましょうか」

と、エリカは言って、

「あ。――昨日の管理人のジープだわ」

「え？　どこに？」

「近づいてきます。エンジンの音が」

少しして、本当に木立の間をジープが走ってくるのを見て、有果は目を丸くした。

「エリカさんて、耳がいいんですね！」

吸血族の血筋のせいで、エリカの聴覚は人間の何倍も鋭いのである。

「ちょっと！　停まって！」

と、エリカが手を振ってジープを停める。

「おはよう」

と、佐田《さた》が言った。

「おはよう。ね、このコテージに入りたいの。鍵《かぎ》、あります?」

「入るって……」

面食らっている佐田に事情を説明する。

「——なるほど。マスターキーをいつも持ってるから、入れますよ。分かりました。開けましょう」

「ごめんなさい。責任は私が取りますから」

と、エリカは言った。

「そんなこといいよ。何かあったら、僕も困るんだし」

佐田が鍵をあけ、三人はコテージの中に入っていった。

「——課長さん。三宅さん」

と、有果が呼んで、

「寝室はどこかしら」

「確かその奥ですよ」

と、佐田が指さす。

「待って」

と、エリカが止めた。

「どうかしました？」

匂《にお》い。――この匂いは、もしかして……。

「退《さ》がっていて。私が開ける」

「でも――」

「近づかないで！」

エリカの厳しい言い方に、有果と佐田も従った。

エリカはそっと寝室のドアのノブをつかんで、大きく息をつくと、パッと開けた。

何かが――。形のない何かが、さっとエリカのわきをすり抜けていったようだったが
……。

「――三宅さん」

エリカは部屋の中へ入った。三宅は、部屋の中央、カーペットの上に倒れていた。

「課長さん！」

有果が駆け寄って、三宅のそばにひざまずく。

「――救急車、呼ぼう」

と、佐田が駆けていく。

エリカは近寄って、かがみ込むと三宅の手首を取った。

「――もう亡くなってる」

「そんな……」

と、有果は唖然《あぜん》として言った。

「心臓でも悪かったんですか？」

「さあ……。疲れてはいたでしょうけど」

有果は力が抜けてしまったように、ペタッとカーペットに座り込んでしまった。

「――冷たいわ」

「そうです」

エリカは、カーペットを手で押してみた。

「水を含んでますわ」

「水を？」

エリカは、ベッドの上の枕や毛布も湿っているのを確かめた。

「でも……どうして水が？」

「さあ」

エリカは窓のほうへ歩み寄った。――カーテンも、窓も開け放してある。

そして窓からは、穏やかな湖面が眺められた。

「――ご家族へお知らせしないと」

と、有果が立ち上がって言った。

「エリカさん、お願いです。三宅さんは私とでなく、社長さんのご一家と一緒にここへ来たということにしてくださいませんか」

有果は、やや青ざめていたが、しっかりした口調で言った。

「それで、奥さんが納得されるかしら」

と、エリカが言うと、

「それがいい」

「お父さん。来てたの？」

「あの佐田という若者が騒ぐのが聞こえたのでな」

クロロックは入ってきて、

「湖の匂いだ」

「うん。私も気がついた」

「これは……」

クロロックは寝室の中を見回した。

「社長さん。どうか、三宅課長の奥様には私のことを……」

「ああ。分かっとる。君がそれでいいと言うのなら」

「はい」

「有果さん……」

「では、そうしよう。大丈夫。少しぐらいおかしいと思っても、人は自分が信じたいと思うことを信じるものだ。君は私のコテージにいて、出てこないようにしたまえ」

「はい……。ありがとうございます」

と、有果は涙ぐみながら頭を下げたのだった……。


「――今、何て言ったの?」

と、千代子《ちよこ》が訊《き》き返す。

「聞こえなかった?　少し耳が遠くなったか。年齢《とし》だね」

と、エリカは言った。

「聞こえたわよ!　だけど……」

千代子は唖然として、

「溺死《できし》?　寝室の中で、溺《おぼ》れ死んだっていうの?」

「私が言ったんじゃないわよ。警察の医者が死体をざっと見て言ったのよ」

「それにしたって……。じゃ、夜中に、この涼しさの中、湖で水泳でもしてたっていうの?」

「パジャマ姿で?」

と、エリカは首を振って、

「何があったのかは分からない。でも、ともかく妙な死に方だってことは確かよ」

――お昼過ぎ、やっと騒ぎもおさまったところである。

クロロックは、警察に呼ばれて出向いていた。三宅がこの湖へ来た事情を訊かれているのだろうが、都合が悪けりゃ、適当に催眠術で乗り切ってくるだろう。

「――変な死に方か。あの女の人も気の毒だったね」

と、千代子は言った。

「そうね。でも、もう子供じゃないし……。みどりは？」

「昼寝してんじゃない？　あれだけお昼食べりゃ」

「動かないで、よく食べられるよね」

エリカは、チャイムが鳴るのを聞いて、出ていった。

「――あら」

「やあ、こんにちは」

佐田が少し申しわけなさそうに、

「ちょっと……相談にのってほしいことがあって」

と言った。

もちろん、エリカとて断る理由はない。

居間へ通してやると、千代子が早速コーヒーなどいれてくる。

「——今日、君のことを見ていて、何だか不思議な人だな、と思ったんだ」

と、佐田は言った。

「君なら分かってくれるかもしれない、と思ってね」

「何のこと？」

ふたりはいつの間にか友だちのような口調になっていたが、どっちもそれに気づかなかった。

「実は……ゆうべ、あるコテージに招待されて」

と、佐田は、昨日金井直子《かないなおこ》と出会ったことをエリカたちに話した。

「ところが、事務所に戻って、いくら調べても、あの古いコテージが使われてる、って記録が出てこないんだよ」

「へえ。でも、使われてなきゃ、荒れ果ててるでしょう」

「そう。ゆうべごちそうになりに行ったら……。あんまり中がきれいになってるんで、びっくりしたんだよ」

「中がきれいに？」

「そう。——外見は古ぼけてて、人がいるとは思えないくらいなんだけど、中は凄《すご》くきれいに飾り立てられててね。そこでいろいろごちそうされて、ワインとか飲んで……。もう苦しくて動けないくらいだったんだ」

と、佐田は言って、少し赤くなった。

「それだけじゃなかったわけね」

と、エリカは言った。

「うん……。それで結局——泊まってしまったんだ」

「その人——金井直子？　その人と……」

「いや、それがよく憶えてないんだよ。本当なんだ。あそこに泊まって、すぐ眠っちゃったようでもあるし、そうでもないようでもあるし……」

「ふーん。隠してるわけじゃないよね」

「隠してないよ」

と、佐田はややむきになって言った。

「分かったわ。それで？」

「ところが、今朝目が覚めてみると……。ジープの中だったんだ」

「え？」

「ジープの運転席で眠ってたんだよ」

エリカは拍子抜けして、

「じゃ、何もかも夢だった、ってわけ？」

「いや、それが分からなくて。あんなにはっきりした夢なんてあり得ないと思うんだ。

それは信じてもらうしかない。でも、目が覚めたらジープの中で、コテージのドアを叩いてみたけど、何の返事もなかった。それで、事務所のほうへ戻ろうとしてる途中で、この前を通りかかったんだ」

「そう……」

エリカは肯いた。どう見ても、佐田は本気である。

「どう考えていいものか、分からなくってさ……」

佐田はため息をついた。

エリカは、ふと気づいた。佐田がひどく疲れている様子だということに。

「くたびれてるわね」

「え？　――ああ、何だかね。ゆうべの妙な経験のせいかな」

「ね、何か食べない？　千代子、ご飯の残りがあったよね」

「うん。じゃ、すぐあっためる」

と、千代子が立っていく。

「いや、お腹《なか》は空《す》いてないよ。ゆうべあんなに食べたんだから」

「いいから、食べてみて」

と、エリカは言った。

そして――食べてみると、佐田は猛烈な勢いでご飯を四杯もおかわりしたのだった。

「——腹が減ってたんだ」

と、佐田が自分でびっくりしている。

「そうらしいわね」

エリカは肯いて、

「ね、ちょっと調べたいことがあるの。付き合ってくれる？」

と言った。

水柱

「まったくねえ」

と、涼子《りようこ》はブツブツ言っていた。

「せっかく遊びに来たっていうのに、お父さんは警察へ呼ばれちゃうし」

「ワア」

「ねえ、虎《とら》ちゃんだってそう思うでしょう？　夫が妻を放っておくのは家庭崩壊の原因よね」

「ワア」

そんなこと、虎ちゃんに分かるわけがない。

いいお天気で、風はやや冷たいくらいだったが、湖のほとりをぶらついていると、いい気持ちではあった。

「ほらほら、あんまりお水のほうへ行くと、濡れちゃうわよ」

と、涼子は虎ちゃんに言った。

ふと──人の気配に振り向くと、ちょっと青白い感じのやせた女性が立っていた。しかし、女の涼子でもハッとするほどの美人。

「──こんにちは」

と、涼子は言った。

「こんにちは」

と、その女性は微笑んで、

「そこのコテージに？」

「ええ、そうなんです」

「いいお天気ね。──その子、あなたのお子さん？」

「ええ」

「まあ、ずいぶんお若いのね」

と、その女は涼子を見て目を見開いた。

「主人は結構年齢《とし》なんで」

と、涼子は言った。

「あなたは──」

「私は、だいぶ前からこの近くに住んでるの」

と、その女は言って、湖のほうを向くと、

「きれいな湖でしょ」

「そうですね」

と、涼子は、日射しをキラキラと反射させている湖面のほうへ目をやりながら、肯《うなず》いた。

「でも――どんな美しい場所でも、人間は変わらないわ」

と、その女は言った。

「え?」

「人がいる限り、愛も憎しみもある。どんなに美しい自然に囲まれていてもね」

ひとり言のような言い方に、涼子は少し戸惑《とまど》った。

この人、少しおかしいのかしら?

「あの――子供が風邪《かぜ》をひくといけないので、もう戻ります。虎ちゃん、行きましょ」

と手をのばして、虎ちゃんを抱っこした。

「そう急がなくても」

「いえ、主人ももう戻るでしょうし――」

と言いかけて、涼子はギョッとした。

水がザバッと足首までかかったのである。びっくりして見下ろすと、いつの間にか湖の水がどんどん高くなってきている。

「どうして——。虎ちゃん！　しっかりつかまって！」

涼子はコテージのほうへ戻ろうとした。が、水がまるで生きもののように涼子の足にまとわりつく。もう膝《ひざ》の上まで水が来ていて、歩くのもままならなかった。

「どうなってるの！　——助けて！」

と涼子は叫んだ。

必死でコテージへ戻ろうとするが、まるでどんどん深みへ入っていくかのようで、水は涼子の腰辺りまで上がってきていた。

「虎ちゃん！　離しちゃだめよ！」

涼子は進もうとしたが、水の力に押し戻されそうになった。水が胸まで来る。

このままじゃ溺《おぼ》れてしまう！　どうしてこんな——。

「助けて！　あなた！」

と、思い切り叫ぶ。

コテージが見えているのに——。こんなことって——。

突然、涼子の体が持ち上げられた。ザーッと水が落ち、高くかかえあげられる。

「こんな涼しいときに水泳か？」

と、クロロックが言った。

「あなた！」

「もう大丈夫だ」

涼子は——目をパチクリさせた。

クロロックの手で湖のほとりへヒョイと下ろされる。

「私……どうしたの？」

キョロキョロと周りを見回す。——まったく変わりのない風景。

「湖の中へどんどん入っていこうとしとったぞ」

「そんな！　私、コテージへ戻ろうとしてたのよ」

「そうか。方向感覚を狂わされていたのだな。コテージへ向かっているつもりで、逆に湖の深いほうへ進んでいた」

「何てこと！　——あの女だわ！」

と、振り向いたが、もう女の姿はなかった。

「女だと？」

「ええ……。妙な女の人がそばに来て。——ハクション！」

「風邪ひくぞ。さ、中へ入ろう」

「あなた……」

「何だ？」

「助けてくれて、ありがとう」

「――涼子」

クロロックは、ヒョイと涼子を抱き上げた。虎ちゃんは、涼子にまだ抱っこされていたので、間接的にパパに抱き上げられたわけである。

「――こんばんは」

と、佐田《さた》は言った。

「いらっしゃい」

金井直子《かないなおこ》がドアを開けてニッコリと笑う。

「来てくれると思ってたわ」

「ゆうべのごちそうの味が忘れられなくって」

と、佐田が少し照れたように言うと、

「嬉しいわ、そう言ってくれて。――さ、入って」

と、金井直子が促す。

「はあ……」

と、佐田はためらって、

「実は――」

「どうしたの？」

「友だちを連れてきたんですけど」

「まあ、そう。じゃ、ぜひご一緒に」

「いいですか？　――良かった。おい、入れよ」

「どうも！」

と、張り切ってやってきたのは、みどりだった。

「こんばんは」

「図々しくてすみません」

と、みどりは頭を下げて、

「実はもうひとり……」

「え？」

「こんばんは」

と、今度は千代子《ちよこ》が顔を出す。

「まあ、若い方たちばかりね。にぎやかで楽しいわ。お入りになって」

と、金井直子は楽しげに言った。

「――すてきな部屋」

と、千代子が居間の中を見回して言った。

「ありがとう。インテリアにずいぶん凝《こ》ってるものだから」

と、金井直子は言って、

「よかったら、少し手伝ってくれる？　そのほうが早く食べられるわ」

「やります！」

と、みどりが腕まくりしている。

「じゃ、私、テーブルのセットを」

と、千代子が言った。

女の子の手がふたりぶんも入ると、ずいぶん手間も違ってくる。

台所はにぎやかになったが、食卓の用意は早々とできてしまった。

「さあ食べましょう。——ワインを抜いてくださる？」

「僕がやりましょう」

と、佐田が言った。

食事になると、誰もがおおいに食欲を発揮した。

「——大学生、おふたりとも？」

と、金井直子が訊《き》く。

「ええ、そうです」

と、千代子が肯いて、

「おひとりなんですか？」

「そうなの。前は亭主もいたんだけどね」

と、金井直子はワイングラスを手に、言った。

「離婚ですか。私も一度やってみたい」

と、みどりが言った。

「それには結婚しなきゃ」

「それが面倒なのよね」

と、みどりはため息をついた。

金井直子はちょっと笑って、

「私は夫と死に別れたの」

と言った。

「あ、すいません」

「いいのよ。――もし子供がいれば、あなたたちぐらいだったかも……」

と、呟《つぶや》くように言う。

「え？　でも、ずいぶん若く見えますよ」

「そう？　独身だと若く見られるのかもしれないわ」

と、少し早口で言って、

「さ、どんどん食べてね」

「はい！」

と、みどりが張り切って言った。

「──何だか、今日は警察が来たりして、大変だったみたいね」

と、金井直子が食事しながら言った。

「ええ」

と、佐田が肯いて、

「何でも、どこかの課長さんで、恋人と来てたらしいんですけどね。彼女のほうは隣のコテージにいて。死んだ男の人の奥さんが駆けつけてきて、気の毒でしたよ」

金井直子は食べる手を止めて、

「じゃあ……奥さん、ショックだったでしょうね。ご主人が他の女の人と──」

「いえ、それは何とか隠したようです。たぶん何となく気づいてはいたでしょうけど」

と、佐田は言った。

「そう……。そうね。知らずにすめば、そのほうが……」

金井直子は、そう呟いて、ゆっくりとワインを飲んだ。

──食事が済むと、みんな満腹の状態で、居間でひと休み。

「お腹いっぱいになって、眠い」

と、みどりは欠伸《あくび》をした。

「みどり！　失礼でしょ。よそのお家で……。アーア」

「千代子だって」

「うん……。少しワイン、飲みすぎたかなあ」

「僕も眠い」

と、佐田は伸びをした。

「さあ、帰るか」

「少し休まなきゃだめよ」

と、金井直子が言った。

「食べてすぐ動くのは身体《からだ》に悪いわ」

「そうですね。じゃ、少し休んで。——ほんの少しね」

「ええ、少しだけね」

五分……いや、三分とたたないうちに、三人ともスヤスヤと眠り込んでしまっていた。

「——若い人たちね」

と、金井直子はみどりと千代子を見下ろして、

「私も若返れるかもしれないわ……」

金井直子は、そっとみどりのほうへ身をかがめると、両手で顔を上げさせ、自分の顔を近づけた。少し開いたみどりの口に、金井直子の口が近づくと……。

まるで、みどりの中から何かを吸い込もうとするかのように、直子は大きく息を吸ったのである。

「──空《むな》しいことだ」

と声がして、直子がハッと振り向く。

「誰？」

「フォン・クロロック。今日、あんたに溺れさせられそうになった女の亭主さ」

「どうやってここへ……」

と、直子は立ち上がった。

「私にはこういう場所へ入る力があるのだ」

「出ていって！」

と、直子はクロロックをにらんだ。

「それはできん。──あんたが、人を殺すのを黙って見てはおれんしな」

クロロックは、マントをフワッと翻《ひるがえ》して、居間の中へ入ってきた。

「近づかないで！」

直子が後ずさりする。

パシャッと音がした。いつの間にか、床に水が出て、じわじわと上がってきている。

「みんな溺れさせてやる！」

と、直子が言った。

「いかんな」

と、クロロックは首を振って、

「もうやめなさい。仕返しは、留《とど》まるところを知らなくなる」

「何ですって?」

「あんたのことは分かっとる」

「調べたわよ」

と、エリカが居間へ入ってきて、

「金井直子さん。——二十年前、この湖に入水《じゆすい》自殺した。男に捨てられ、その恨みを抱いて」

水は、エリカの足首を洗っていた。

「その男を恨むのは分かるが、他の男に罪はないぞ」

「何が分かるの!　——私のお腹《なか》には赤ちゃんがいた。奥さんと別れて、私と結婚してくれると約束してくれたのに……。いざとなったら、『百万作ったから、これで別れてくれ』だなんて!　男なんて、みんな同じよ」

と、直子は叫ぶように言った。

「みんな溺れ死ねばいいんだわ!　私の苦しみを味わわせてやる」

水がエリカの太腿《ふともも》の辺りまで上がってきていた。ソファで眠っているみどりたちは、もう腰の辺りまで水につかっていた。

「あんたには同情する」

と、クロロックは言った。

「世の中には、そんな男もいるだろう。しかし、そうでない男もいる。――恨みを捨てることだ。こうやって仕返ししても、何が残る？」

「男に泣かされてる女たちのためよ！　私がその男を罰してやるわ」

水が、どんどん上がってくる。

「お父さん――」

「うむ。やむを得んな」

クロロックは首を振ると、パッとマントを広げた。

「キャッ！」

何かに弾き飛ばされるように、直子がふっとぶ。

水が見る見るうちにひいていく。――そして、たちまち、居間は水のない状態に戻った。

しかし、同時に居間は古びてクモの巣の張った場所に変わっていた。

「きれいな居間もごちそうも、ワインも、すべて幻《まぼろし》だったのね」

と、エリカが言った。

「お腹がいっぱいになったような気がしただけで」

「しかし、濡れとるぞ、ちゃんと。あとで着がえんと風邪をひく」

と、クロロックが言った。

直子が、ゆっくり立ち上がって、

「何者なの？」

と言った。

「それより、あんたのことを分かっていて、水が来ても逃げようとしなかった男もいる、と知ってくれ」

「え？」

佐田が立ち上がった。

「――佐田さん！」

と、直子が目をみはる。

「眠ったふりをしてたんですよ」

と、佐田は言った。

「僕もあなたのことを古い新聞で読みました。あなたの恨みは当然だと思ったんです。でも、他の人を殺すのに、僕の体力を利用されるのはいやだ。――もし、どうしても気がすまないのなら、僕を湖の底へ連れていってください。それでもう二度とこんなことをしないのなら」

「佐田さん……。私はあなたに恨みなんかないわ」

「ええ。でも、僕は男ですよ」

「男だって、あんな人ばかりじゃ……」

と言いかけて、直子はためらった。

「その通りだ。あんたにも分かっとる。男は、その男ひとりではない。もう仕返しはやめることだ」

と、クロロックは言った。

直子は、じっと佐田を見ていたが、

「あなたは……私の初恋の人と似てたわ」

と言った。

「僕が?」

「ええ。――幸せだったでしょうね、あの人と一緒になっていたら……」

「いいときの思い出を大切にするのだ」

と、クロロックは言った。

「悪い思い出にしがみついていると、いい思い出までも汚《けが》されてしまうぞ」

「そう……。そうですね」

と、直子は目を伏せて、

「分かりました。もう……。現れることはないでしょう」

直子はクロロックへ、

「あなたの奥さんとお子さんを危ない目にあわせてすみません」

と言った。

「なに、慣れとる」

直子は、佐田のほうへ近寄ると、

「じゃあ……。ごめんなさい、ここを無断で使って」

「いいんですよ」

「楽しかったわ」

「直子さん。あの――」

「え？」

「ゆうべ……。僕はその――あなたと――」

佐田が赤くなる。

「どうかしら」

と、直子は笑って、

「私だけの秘密よ」

と言うと、佐田のほうへのび上がってキスした。

その瞬間――金井直子の姿は水の柱となって、一気に床にザーッと広がって消えてしまった。

「――どうしたの？　冷たい！」

と、みどりが叫び声を上げる。

「え？　何が？」

千代子も目を覚まし、

「どうしたの、これ？」

「みんな早いとこ、コテージに戻って熱いお風呂に入ったほうが良さそうね」

と、エリカは言った。

エピローグ

「忘れ物、ない？」

と、エリカが言った。

「みどりだけね、忘れ物は」

と、千代子が笑う。

ワゴン車が、もうエンジンをかけて待っていると、みどりが駆けてくるのが見えた。

「みどり、急いで！」

と、千代子《ちよこ》が手を振る。

「──ごめん！」

と、みどりが息を弾ませてワゴン車に乗り込んだ。

「何してたの？」

「へへ、佐田《さた》さんにね、しっかりプレゼントしてきた」

「ずるい！」

エリカと千代子が一斉にみどりをにらんだ。

——コテージを後にして、ワゴン車は山道を走っていった。

北原有果《きたはらゆか》は先に帰っていたので、車の中は同じメンバー。

「休暇って、終わるのが早いね」

とエリカが言うと、

「まったくだ」

クロロックがしみじみとした口調で言った。

「湖が見える」

車がスピードを落とすと、窓からエリカは穏やかな湖面を見下ろした。

「今日は平和ね」

「うむ。——落ちついたのだろうな」

と、クロロックが肯《うなず》く。

「じゃ、行くよ」

と、千代子が言って、再び車がスピードを上げた。

そのとき——湖面に一瞬波が起こって、まるでエリカたちに「さよなら」と言っているように見えた。

気づいたのはエリカだけだったが、それはエリカの胸をほんのしばらく、温かくさせたのだった。

解説――永遠の恋人・クロロック

下《しも》川《かわ》香《か》苗《なえ》

すぐにはもう何年前と答えられないほど、遠くさかのぼった日のことになります。吸血族の末裔《まつえい》であるフォン・クロロック伯爵、それにエリカたちと、高校生だった私が出逢ったのは――。

良く言えば、おとなしくてもの静か。はっきり言えば、陰気でどんくさい。幼稚園のころから、私はそんな子どもでした。

運動神経なんてゼロに等しく、走るのも球技も器械体操もぜんぶ苦手。体育の授業などは毎回いやでいやでしかたなくて、体育がある前の夜には、「あー、学校の水道が突然こわれて、明日のプールがとりやめにならないかな」とか、「体育館の床にいきなり大穴があくとかすれば、跳び箱の授業が中止になるのに」とか、まずおきるはずもないことばかり願っていたものです。

逆に、好きだったのは、絵や物語を書いたりすること。室内で、あまり体を使わずに、しかもひとりでできること、なわけです。

最初は自分で楽しむだけでしたが、中学二年へあがったころから、私はラジオの深夜番組へ投稿するようになりました。リスナーが創作した物語をパーソナリティーが朗読してくれるというコーナーがあって、応募規定は四百字詰め原稿用紙約十枚。ちっとも採用にならなかったのですが、それでもほとんど毎週、授業中にもこっそりノートの余白でストーリーを練ったりしながら、せっせと書いては送りつづけていました。

そして、高校生になって、ある日の学校帰り。

近所のスーパーマーケットでなにげなく雑誌の棚をながめていたとき、ふと、まわりとは表紙の雰囲気が異なっている一冊が目にとまりました。

手にとってみると、それは十代を読者対象にした小説だけを載せてある雑誌でした。

そのころ発売されていた小説の雑誌といえば、大人を対象にしたものばかり。十代向けには、漫画雑誌や学習雑誌のなかに読み物のページも設けてあるといった形のものしか、ほかにはなかったのです。「へえー、知らなかったな。こんな雑誌があったんだ」と大発見したような気持ちをおぼえながら、さっそく私はその雑誌をレジへ持っていきました。

それからは、毎号、その雑誌の発売日を心待ちにするようになりました。載っている小説の主人公はたいてい十代か二十代に設定されていて、舞台も学校が多かったりして、感情移入しやすく読みやすかったからです。

そうやって何冊買いつづけたころか、ある号に、新シリーズ開始ということで掲載されたのが「永すぎた冬」（既刊『吸血鬼はお年ごろ』所収）でした。

「わあー、赤川先生の新しいシリーズだ！　吸血鬼ものかあ！」と私はワクワクしながらページをめくりはじめて、いっきに読み進んでいったのですが……。ラストまで読み終わったとき、がくぜんとしたというか、とにかくびっくりしてしまったのでした。その理由は――。

ぜんぜん、吸血鬼らしくない……！

人間とのハーフのエリカはもとより、クロロックは純度百パーセントなのに、吸血鬼らしくない！

吸血鬼といえば、つねに苦しげに顔をゆがめて、つりあがった両目を見開いて、とがった牙の先から血を滴《したた》らせているもの。現在ではさまざまなタイプの吸血鬼が小説や映画などに登場していますが、高校生だった私の頭にあったイメージはそんなふうに重々しく恐ろしげなものでした。

吸血鬼って、催眠術が使えるんだっけ？　力持ちなんだっけ？　吸血鬼がてれ笑いしたり、困ってうろたえたり、ギャグを飛ばしたりするなんて……。おまけに、エリカの後輩・涼子さんと再婚して、住まいに花柄のテーブルクロスなんて飾ったり。クロロックが何歳なのかはさだかでありませんが、世界で最も夫婦の年齢が離れた〝年の差婚〟なのはまちがいないでしょう。

それまで想像したこともなかった吸血鬼のすがたにびっくりしてしまいましたが、でも同時に私は、フフッと口もとがゆるんでくるのを感じました。

「私もクロロックみたいに超能力が使えたらなー。体育の先生に催眠術かけて、今日の授業は各自の自由にしますとか言わせたりして」なんてあれこれ思いをめぐらせると、目にしたことはないはずのクロロックの笑顔がうかんできました。まるで、すぐそばから微笑みかけてくれているみたいに。そのことに、またもやびっくり。吸血鬼ものといえば、それこそ石の棺《ひつぎ》を飲みこんだように冷え冷えとした気分になるのがあたりまえ。そう思いこんでいましたから。

よく知っている物語が、まったく別の色をまとって息づきはじめる――「永すぎた冬」に出逢ったとき、そんな瞬間を見たように私は思いました。それまで吸血鬼の物語といえば、どれも平面的でモノクロームにひんやりと塗りこめられたイメージだったのが、パッとカラフルに変わった感じだったのです。

シリーズが進むにつれて、クロロックの「吸血鬼らしくない」ところは、さらにどんどん増えていきました。

山奥の洞窟を出てマンションで暮らすようになったし、太陽がきらいだったのに、クロロック商会の社長に就任して、朝から出勤するようになりました。棺の中でないとぐっすり眠れないとかこだわって、ソファーからスプリングを抜き出して棺代わりにしたこともあったくらいなのに、家族づれで気軽にキャンプ場や温泉などへ泊まりに行けるようにもなりました。

ただ、生きる姿勢、ものごとへの態度だけは、ずっと変化していません。

クロロックはエリカといっしょに何十もの事件を解決して、たくさんの人を助けてきました。ときには自分たちの危険もかえりみずに。でも、それで称賛を求めたりしないし、ほかのことでも自慢したり偉ぶったりしません（たまに女性から「すてきなおじさま」とほめられたりすると、かなりうかれたりしますが）。それは、吸血鬼であることがばれたくないからより、称賛や自慢なんてとるにたらないととらえているからのように私には思えます。

私をふくめて人間は、つい、他人と比べたがります。つい、勝った負けたを決めたがります。それも、ささいなことで。たいていの負の感情の根っこには、これがあるように思います。私がしつこく体育の授業をつぶしたがったのも、つまりは、「みっともない思いをするのはいやだ！」という見栄《みえ》です。

ほぼ不死に近い命を持っているからこそ、かえってクロロックは、いっときの勝ち負け、優越感なんてまったく重要ではないんだとわかっている。そんなふうに感じます。

この『吸血鬼と切り裂きジャック』のなかにも、たくさんの対立、負の感情が渦巻いています。女どうしのひそかなライバル意識、いじめ、裏切り……。

でも、読み終わったとき、私の目の前にうかびあがってきたクロロックはやっぱり笑顔でした。人間の何倍もの歳月を生きぬいて、さまざまなことをのりこえてきた末の、やさしい微笑み。

その笑顔を感じながら私は、クロロックたちみたいな力があったらどうするかな、なんて、また以前と同じようなことを考えたりしました。体育の先生に催眠術かけようとかは、もうたくらんだりしません。どうしようかな、なにか世の中の役に立つことに使いたいけれど……。そうやっていると、まるで今がクロロックたちに初めて逢ったその日のような錯覚さえおぼえました。毎号心待ちにして買って、ワクワクしながら読んでいたあの雑誌。ページをめくっていたときの、少しざらついた紙の感触まで指先によみがえってきます。

ここまで書いて、ふっと、あることに私は気がつきました。

伝説の吸血鬼は、血を吸うことによって相手も吸血鬼に変身させる、不老不死にすると言われています。クロロックによれば、それは俗説にすぎないそうですが。

クロロックのこと、ぜんぜん吸血鬼らしくないと思っていたけれども……。

じつは、吸血鬼らしくないどころか、とびきりすごい吸血鬼なのではないでしょうか。恐ろしいとか冷酷とはちがった意味での、すごい吸血鬼。だって、軽々と私を高校生だったあの日へつれもどしてくれるのですから。のどに噛みつくことではなく、文字を通して、いわば不滅の若さをあたえてくれるのですから。少なくとも私には、史上最強で、最高の吸血鬼です。

そして、もうひとつ。

今になって、気がつきました。

鮮烈な印象を胸に刻みつけていった人で、その人にまためぐり逢うと時がもどる気がするような……。こういう想いって、昔の恋人に逢ったときの気持ちに似ているように思います。それも、とても好きだった人。

もしかすると、クロロックは私にとって、永遠に好きな人みたいな存在だったのかもしれません。こんなにもあとになってやっと気づきましたが、たぶん、出逢ったときから今までずっと——。


（しもかわ・かなえ　小説家）

この作品は一九九四年八月、集英社コバルト文庫より刊行されました。

集英社文庫

吸血鬼《きゅうけつき》と切《き》り裂《さ》きジャック

2015年6月30日　第1刷　　定価はカバーに表示してあります。

著　者　赤川次郎《あかがわじろう》

発行者　加藤　潤

発行所　株式会社 集英社
東京都千代田区一ツ橋2-5-10　〒101-8050
電話　【編集部】03-3230-6095
【読者係】03-3230-6080
【販売部】03-3230-6393(書店専用)

印　刷　凸版印刷株式会社

製　本　加藤製本株式会社

フォーマットデザイン　アリヤマデザインストア　　マークデザイン　居山浩二

ISBN978-4-08-745334-8 C0193